假 如 悲 伤 会 说 话

Selected from

A   Tear   and   A   Smile

假如悲伤会说话

[黎巴嫩] 纪伯伦 —— 著

李唯中 —— 译

天津出版传媒集团

天津人民出版社

图书在版编目（CIP）数据

假如悲伤会说话 /（黎巴嫩）纪伯伦著；李唯中译
. -- 天津：天津人民出版社，2018.7
 ISBN 978-7-201-13539-7

Ⅰ.①假… Ⅱ.①纪… ②李… Ⅲ.①散文诗－诗集
－黎巴嫩－现代 Ⅳ.① I378.25

中国版本图书馆CIP数据核字(2018)第111318号

假 如 悲 伤 会 说 话
JIA RU BEI SHANG HUI SHUO HUA

出　　　版	天津人民出版社
出 版 人	黄　沛
地　　　址	天津市和平区西康路 35 号康岳大厦
邮政编码	300051
邮购电话	（022）23332469
网　　　址	http://www.tjrmcbs.com
电子信箱	tjrmcbs@126.com
监　　　制	黄 利　万 夏
责任编辑	玮丽斯
特约编辑	申蕾蕾　常晓光
版权支持	王秀荣
封面图片	© Olaf Hajek Illustration 2018
装帧设计	紫图图书 ZITO®
制版印刷	北京中科印刷有限公司
经　　　销	新华书店
开　　　本	787 毫米 ×1092 毫米　1/32
印　　　张	7.75
字　　　数	60 千字
版次印次	2018 年 7 月第 1 版　2018 年 7 月第 1 次印刷
定　　　价	59.90 元

版权所有　侵权必究
图书如出现印装质量问题，请致电联系调换（022-23332469）

一切梦想都空虚

除非是有了爱

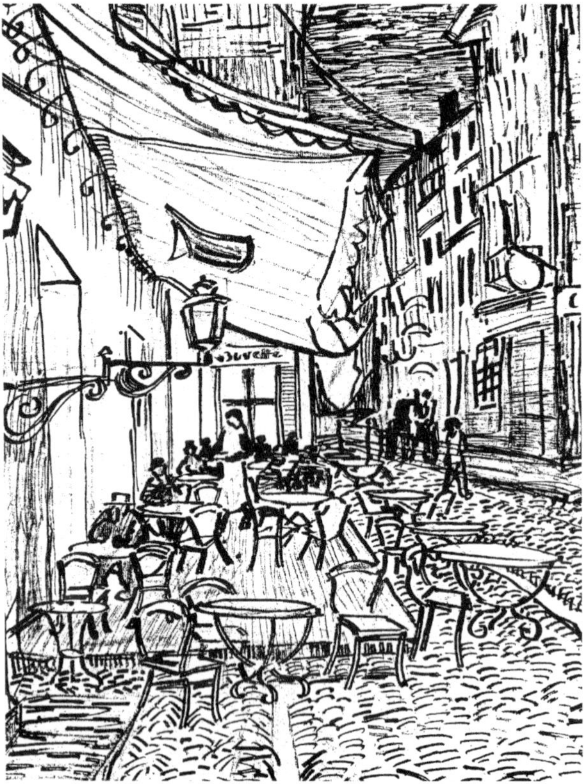

———

对爱情心怀疑虑是一种罪过

———

引言

我既不用人们的欢乐替换我心中的悲伤，也不想让忧伤在眼里凝成的泪水转而化作欢笑。但愿我的生活亦泪亦笑：泪，可以净洁我的心灵，使我晓知生活的秘密与奥妙；笑，可以使我接近同胞，并成为我赞美主的象征与记号。泪，我可让它与我共同承担心里的痛苦；笑，可以成为我对自己的存在感到欣慰的外在标志。

我宁愿在充满渴望中死去，不想在萎靡无聊中偷生。我希望我的心灵深处充满对爱和美的饥渴追求。因为我仔细观察过；在我看来，那些无足无尽的贪婪之徒是最可悲的人，更接近于死物。因为我侧耳聆听过；在我听来，满怀雄心壮志者的长叹，远比二、三弦琴声甜润。

夜幕降临，花儿收拢自己的花瓣，拥抱着自己的渴望进入梦乡；清晨到来，她又开启自己的香唇，迎接太阳神的亲吻。花的生命是渴望与交往，是泪亦是笑。

海水蒸发，化为水蒸气，升入天空，然后聚而成云，信步在丘山、谷地之上，遇见和风，便泣而降下，洒向田间，汇入溪流，然后回到自己的故乡大海。云的生命是分别与相见，是泪亦是笑。

人也如此，脱离精神世界，走入物质天地，像云一样，走过痛苦高山，跨过欢乐平原，与死神吹来的微风相遇，终于回到原地——爱和美的大海，回到那里……

目 录

辑一
泪与笑　　001

辑二
流浪者　　035

辑三
被折断的翅膀　　059

辑一 泪与笑

A Tear and a Smlie

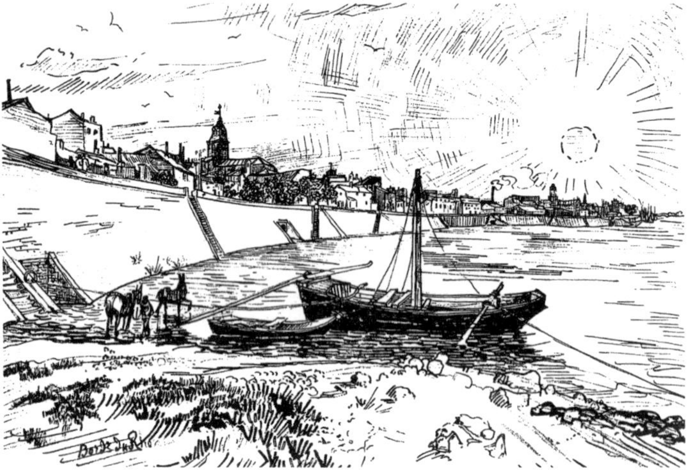

一切可见的都是海市蜃楼，
一切不可见的却全是陈酿美酒。

《冬天牧师的花园》
凡·高

我在那里所发现的原本就是爱情。

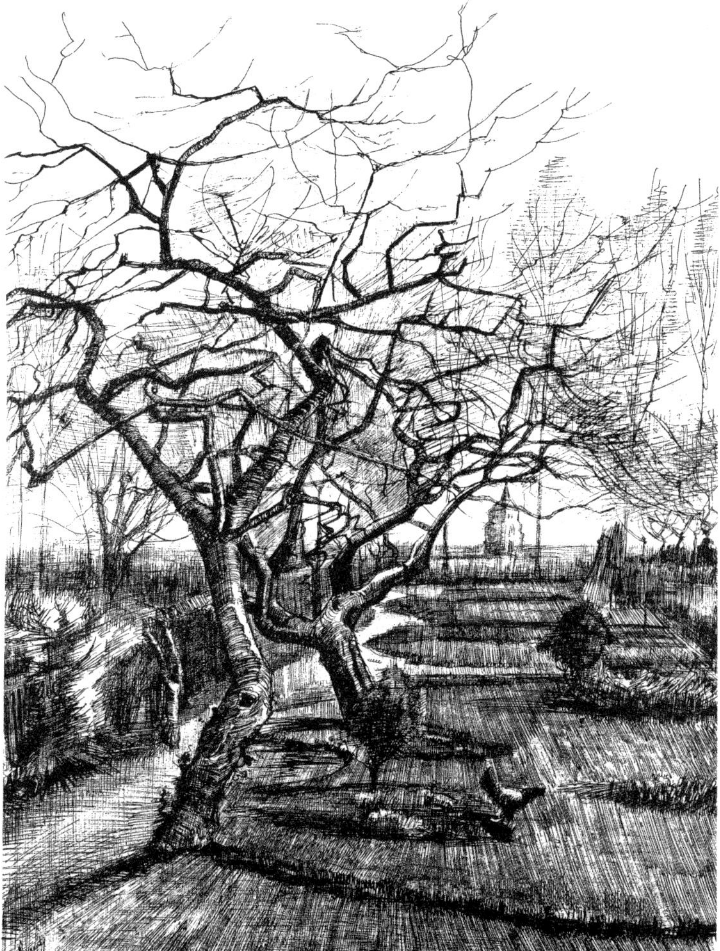

爱的生命

春

亲爱的,让我们一起到丘山中走一走!冰雪已消融,生命已从沉睡中苏醒,正在山谷里和坡地上信步蹒跚。快和我一道走吧!让我们跟上春姑娘的脚步,走向遥远的田野。来吧,让我们登上山顶,尽情观赏四周平原上那起伏连绵的绿色波浪。

看,春的黎明已舒展开寒冬之夜折叠起来的衣裳,桃树、苹果树将之穿在身上,艳美绝伦,颇似"吉庆之夜"的新娘;葡萄园醒来了,葡萄藤相互拥抱,就像互相依偎的情侣;溪水流淌,在岩石间翩翩起舞,唱着欢乐的歌;百花在大自然心上绽放,就像海浪涌起的泡沫。

来吧,让我们饮下水仙花神杯中剩余的泪雨;让我们用鸟雀的欢歌充满我们的心灵;让我们尽情饱闻惠风送来的馨香。

让我们坐在紫罗兰藏身的那块岩石后相亲互吻。

冬

我的生活伴侣，靠近我些，再靠近我一些，莫让冰雪的寒气把我俩的肉体分开。火炉前，你坐在我的身边吧！火炉是冬令最可口的果实，它会给我们讲述来者的前途，因为我的双耳已听厌了风神的呻吟和人类的哭声。关好门和窗户，因为苍天的怒容会使我的精神感到痛苦，看到像失子母亲似的坐在冰层下的城市会使我的心淌血……我的终身伴侣，给灯添些油，因为它快要灭了；把灯放得靠近你一些，以便让我看到夜色写在你脸上的字迹……拿来酒壶，让我们一起畅饮，一道回忆往昔岁月。

靠近我些！心爱的，再靠近我一些！炉火已熄灭，灰烬将火遮掩……紧紧抱住我吧！油灯已熄灭，黑暗笼罩了一切……啊，陈年佳酿已使我们的眼皮沉重不堪……困倦抹过眼睑的眼睛在盯着我……趁困神还未拥抱我，你要紧紧搂住我……亲亲我！冰雪已经征服了一切，只剩下你的热吻……啊，亲爱的，沉睡的大海多么痴呆！啊，在这个世界上，清晨又是何其遥远……

笑与泪

夕阳从花木繁茂的花园收起金黄色的长尾,明月升起在遥远天际,将柔和的月华洒在花园里。我坐在树下,静静观赏着天色的变化,透过树木枝条间仰望挂在瓦蓝色的天毯上的银圆似的星斗,耳里聆听着从远处山谷传来的溪水的淙淙流淌声。

鸟儿藏身在叶子浓密的树枝间,花儿合上了眼,大自然一片寂静。这时,忽然听到踏着青草的沙沙脚步声,我调转视线望去,只见一对少年男女正朝我走来。片刻后,二人坐在一棵枝繁叶茂的树下;我能看见他俩,而他俩看不见我。

那小伙子朝四周环视了一下,我听他说:"亲爱的,你就坐在我的身边,听我说吧!你微笑吧!因为你的微笑是我们未来的标志。你欢乐吧!因为岁月已在为我们而欢乐。我的心灵告诉我,你的心中有疑虑;亲爱的,对爱情心怀疑虑是一种罪过。这大片银白色月光映照下的地产很快就要归你所有,你也将成为这足以与王宫媲美宫殿的女主人。

我的宝马将供你四处游览时乘骑,我的花车将载着你出入舞场、筵席。亲爱的,你就像我的宝库中的黄金那样笑吧!亲爱的,你就像我父亲的珠宝那样望着我吧!亲爱的,你听,我的心只会在你的面前倾诉衷情。等待我们的是甜蜜华年。我们将带着大量金钱,到瑞士湖畔、意大利旅游胜地、尼罗河上的宫殿附近和黎巴嫩的雪杉下,度过我们的甜蜜华年。你将见到公主和贵妇人,她们也会嫉妒你的周身华丽服饰、珠光宝气,那一切都由我提供给你,难道你不喜欢?你的微笑多么甜美!你的微笑与我命运的微笑是何其相似!"

过了一会儿,我看见他俩缓步走去,脚下踏着鲜花,就像富人的脚踏着穷人的心。

二人消失在我的视野里,而我还在思考着金钱在爱情中的地位。我想:金钱乃人为恶之本,而爱情则是幸福与光明源泉。

我一直沉浸于这种思考之中,直至看见两个人影从我面前走过,然后坐在草地上。一个是小伙子,另一个是姑娘,都来自田间农家茅舍。一阵发人沉思的寂静过后,我听到那个患肺病小伙子的

《冬季花园》
凡·高

冰雪已经征服了一切,只剩下你的热吻……

谈话中夹带着沉重叹息声。他说:"亲爱的,擦擦泪!爱神想打开我们的眼界,使我们成为她的崇拜者。爱神赋予我们以忍耐品性和吃苦精神。亲爱的,擦擦眼泪!你要忍耐,因为我们早已结成崇拜爱神的同盟。为了甜蜜生活,我们宁可忍受穷困折磨、不幸苦涩和分离熬煎。我一定要与岁月搏斗,以便挣到一笔堪放你手中的金钱,足以帮助我们度过此生各个阶段。亲爱的,爱就是我们的主,会像笑纳香火那样接受我们这叹息泪水,同样也把我们应得的奖赏赠予我们。亲爱的,我要和你告别,月落乌啼之前我将离去。"

继之,我听到一种低微柔和的声音,且不住被炽热的长吁短叹声打断。那是一位温柔少女的声音,其中饱含发自少女周身的爱情之火热、分离之痛苦和忍耐之甘甜。她说:"亲爱的,再见!"

二人分手,我仍坐在那棵树下,只觉得无数只怜悯之手争相拉我,这奇妙宇宙的种种奥秘争相涌入我的脑海。

那时,我朝着沉睡的大自然望去,久久凝视,发现那里有一种横无际涯的东西:那种东西,用金

钱买不到；那种东西，秋天的眼泪抹不去，冬季的痛苦折磨不死；那种东西，在瑞士的湖泊、意大利的旅游胜地找不到；那种东西，忍耐到春天复生，夏令结果。

我在那里所发现的原本就是爱情。

《街景》

凡·高

美就是整个大自然。美本是山冈间牧羊人、田间农夫和漂泊在山与海之间人们幸福的起点。

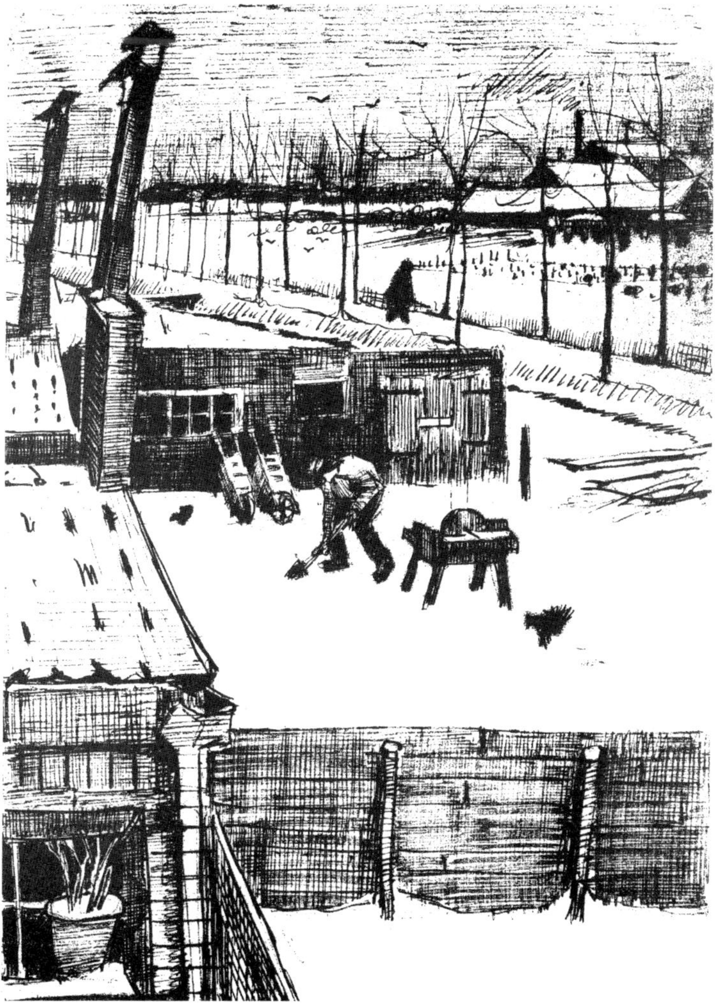

岁月游戏场

在美的效用与爱的幻梦之间徜徉的一分钟，要比可怜弱者在把光荣献给贪婪强者中所度过的一生都要高贵。

那一分钟里，人的神格得以生发；而那一生里，人的神格总在沉睡，蒙盖着噩梦的面纱。那一分钟里，心灵得以从人的种种法规重负下解放出来；而那一生里，心灵总是被囚禁在被人冷落的高墙之后，身上戴着沉重的镣铐。那一分钟，是所罗门诗篇、山中训诫和法里德塔韵长诗的摇篮；而那一生，则是一种捣毁巴勒贝克神庙、台德木尔王宫和巴比伦城堡的盲目力量。

心灵在为穷人权利被剥夺、为公正丧失而遗憾，在叹息中度过的一天，要比富翁在纵欲、自私中度过的一生高贵、圣洁。那一天，可以借火纯洁心灵，用光明将心照亮；而这一生，全是在黑暗中挣扎，最后被埋在土层之下。那一天，是得启悟道日，是髑髅地之日，是迁徙日；而这一生，则是尼

《卧室》

凡·高

世间生活亦如此：始终盛怒的物质脚下，

终于平静的死神手上。

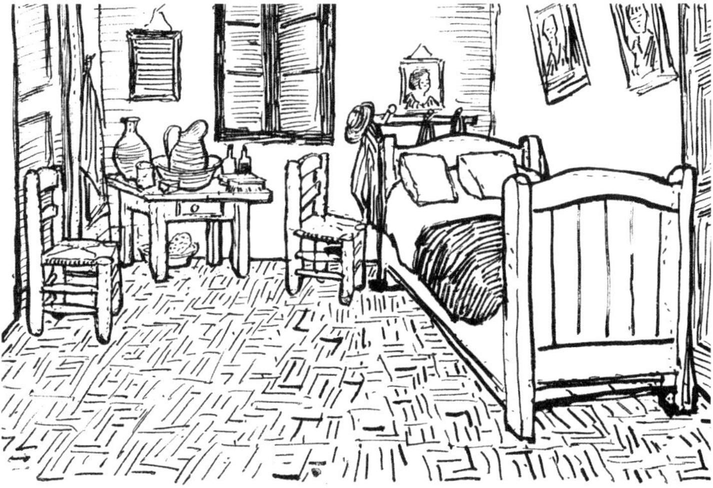

禄自己的生命耗在暴虐市场上的一生，是可拉身在贪欲祭坛上的一生，是唐璜埋在坟墓中的一生。

这就是生活：黑暗在岁月的游戏场上将之演得类似悲剧，而白昼则将之当歌唱，最后永恒世界将之作为珍宝保存起来……

死之美献给 M. E. H.

死亡

让我安睡吧！我的心已沉醉于爱情。

让我长眠吧！我的魂已享尽日夜照应。

请在我的灵床周围点起蜡烛，燃起香，将玫瑰花和水仙花瓣儿撒在我的身上！把麝香粉撒在我的头上，把香水洒在我的脚下，然后仔细观看死神之手在我的前额上留下了什么字样。

让我深深睡在困神的怀抱！因为久醒，我的眼帘痛感疲劳。

请弹起琴弦！让银丝弦声响在我的耳边。

请吹起芦笛！用那甜润的笛声，在我那行将跳动的心脏周围织上一层薄纱。

请唱起轻歌！用那神妙的词句为我的情感铺床，然后仔细观察我的两眼里闪出的希望之光。

伙伴们，擦去眼泪，抬起头来！就像黎明到来之时，鲜花昂起花冠，向着太阳开放。你们看，死

《坐着的日本女子》
凡·高

我是热恋者;爱情的真谛是长醒不睡。

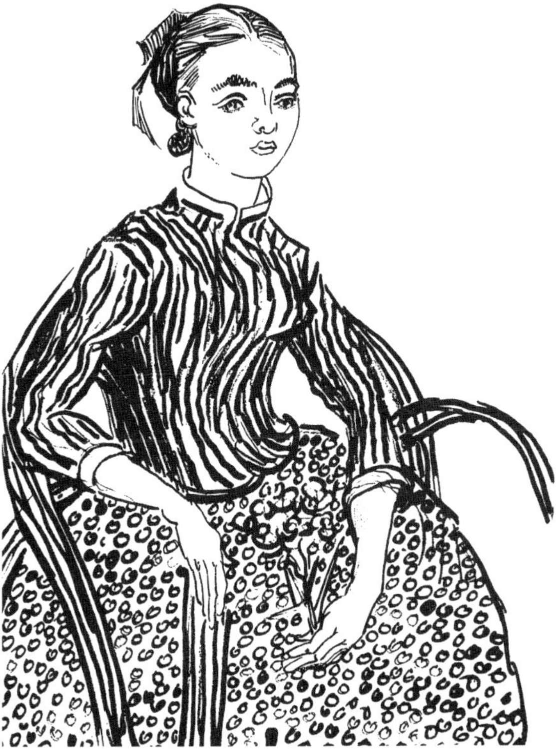

神的新娘像光柱一样站在我的灵床与天空之间……请你们屏着呼吸,留心细听,片刻之后,便能和我一道听到她那雪白翅膀的沙沙扇动声。

同胞们,你们来同我告别吧!用微微笑唇将我的前额亲吻。用你们的眼睑亲吻我的双唇,再用你们双唇将我的眼睑亲吻。

让儿童们靠近我的灵床,请他们用那柔嫩的玫瑰色手指摸一摸我的脖颈。让老年人靠近我的灵床为我祝福,用他们那枯萎、僵硬的手将我的前额抚摩。让本地的姑娘们靠近我,看看我眼中的上帝影像,听听永恒世界的歌声回音与我的呼吸声共鸣同响。

永别

啊!我的身已到山顶,我的魂已遨游在自由无束的太空。

同胞们,我已走得老远老远。我的视线被遮挡,丘山壮景已荫翳在雾霭后面。千道峡谷被寂静

汪洋淹没，万条蹊径已被遗忘之掌尽抹。草原、森林、道路笑隐在无数幻影之后；那幻影，白的像春云，黄的似阳光，红的如晚霞。

大海波涛的歌声变得微弱，溪水的吟唱消失在田间，人间的喧嚣哑然静止。此时此刻，我的耳际中只有与灵魂嗜好相协调的永恒之歌。

《收割》
凡·高

爱情是唯一一朵不需季节合作而成长、发育的鲜花。

辑二

The Wanderer

流浪者

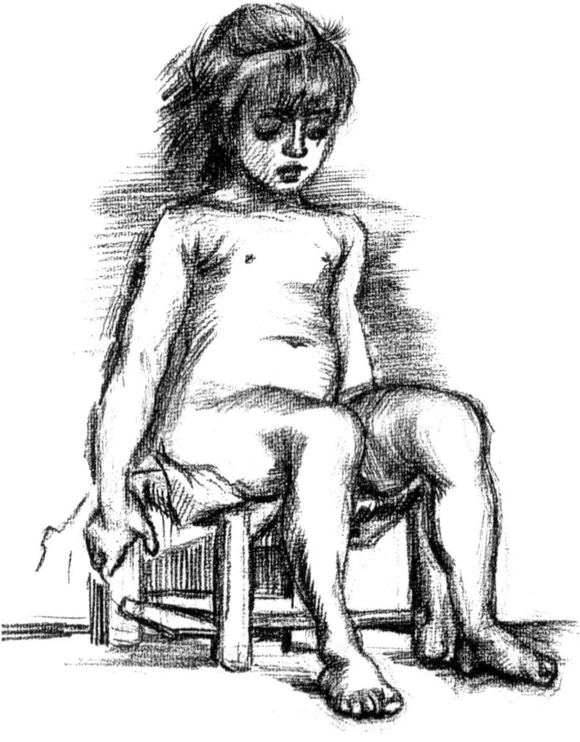

你用爱情打开了我的眼界,
用爱情使我永远双眼失明。

流浪者

我在路口上遇见他。他除了身上穿的和手杖，一无所有，面带沉痛神情。相互问好之后，我说："请到我家做客吧！"

他接受了邀请……

我的妻儿在门口迎接我们，他对我们微笑，他们欢迎他的到来。

宾主一道围桌坐下，全家人为见到这么一位蒙着神秘色彩、心意寂静无声的稀客感到高兴。

晚饭后，我们围火而坐，我开始问他的游历。

那夜及次日，他给我们讲了许多故事。但我现在向你讲的，只不过是他痛苦经历中的要点，虽然他讲的时候是那样心平气和。这些故事是他路途风尘的痕迹，也是他承受艰难困苦的部分收获。

三天之后，客人离去之时，我们不觉客人已经离去，只是觉得他是我们当中的一员，仍在家外的花园里，还没有走进家门。

情歌

有一次，一位诗人写了一首情歌，高妙自不待言。他抄写了几份，分寄给好友与相识，其中男女均有。他也给一位姑娘寄去了一份；他与她只见过一面，她住在山后。

过了一两天，姑娘差人送来一封信。信中云："请允许我向你吐露真情，我深深被你写的情歌所打动。请你现在就来，来见我的父母，面商订婚事宜。"

诗人即刻复信。信云："朋友，那不过是发自诗人心中的情歌，每个男子都可以唱给每位姑娘听。"

姑娘又写来一封信。信中说："花言巧语骗人的坏蛋！从今到死，我将因你而憎恨所有的诗人！"

《树》

凡·高

他的心将始终远离知识，

他的灵魂里也是一片空白，没有情感。

泪与笑

黄昏时分，鬣狗与鳄鱼相遇在尼罗河畔，双方停下脚步，互相道好问安。

鬣狗说："先生，你的日子过得怎样呀？"

鳄鱼回答道："过得很糟糕啊！我有时因痛苦烦恼而伤心落泪，可周围的人们总是说：'这不过是鳄鱼的眼泪。'这使我悲伤到不能描述的地步。"

鬣狗说："别只谈自己的痛苦和烦恼，你也得想想我的处境呀，哪怕是短暂一刻呢！我看到世界上的壮观美景，心里就充满欢乐，就像白昼那样眉开眼笑。"然而林中人却说："这不过是鬣狗的欢笑。"

两位储妃

舍瓦基斯城内住着一位储君,城里的男男女女、老老少少都爱戴他,就连地里的牲口也熟悉他,走来向他问安,见他来就高高兴兴的。

然而人们却说其正妻储妃并不爱他,甚至有人认为储妃恨其丈夫。

一天,邻邦的储妃前来拜访舍瓦基斯储妃,两位储妃坐下谈话,各自说起自己的丈夫。

舍瓦基斯储妃激动地说:"我真羡慕你和你的丈夫生活得那样幸福,虽然你们结婚已那么多年。我呢,讨厌我的丈夫,因为他不属于我一个人。说真的,我是最不幸的女人。"

来访的储妃眷恋凝视着这里的主人,说:"朋友,其实你是爱你的丈夫的。是的,你仍对他怀有未释放出来的激情,这就像花园里的泉水,正是女人的生命所在。可是,我和我的丈夫,我们之间没有任何感情,只是互相默不作声地忍受着对方,而你和人们却认为那是幸福。"

《星夜》

凡·高

在我看来，我们的爱情深似大海，

高若星辰，宽如浩宇。

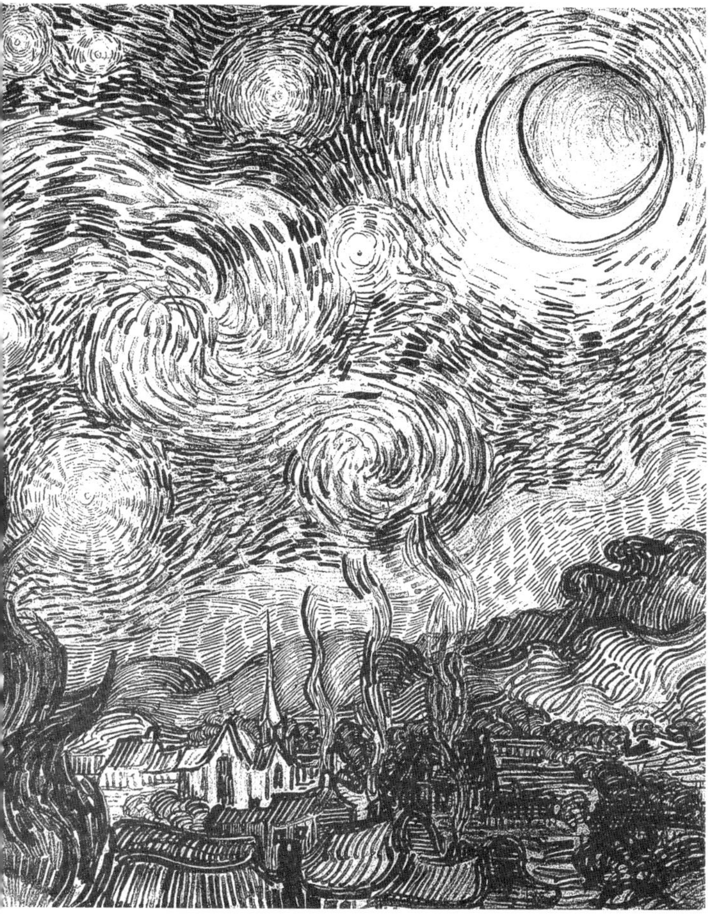

珍珠

河蚌对邻居的一只河蚌说:"我的肚子痛得厉害,里面有个又重又圆的东西。我带着它遭多大磨难呀!"

邻居开心自得地回答道:"赞美苍天和大海。我没有任何疼痛感,里里外外,健壮安康。"

这时一只水蟹经过,听到两只河蚌交谈,对那只健壮安康的河蚌说:"是啊,你的确健壮安康。可是,使你邻居感到肚子疼的那种东西,是一颗美妙无比的珍珠。"

金腰带

一天，两个到有高柱的萨拉米斯城去的人相遇，于是结伴同行。中午时分，二人行至一条大河边，河上无桥，要么游过河，要么改走生路绕行。

一个对另一个说："我们游过去吧！这河并不宽，不必去吃绕行生路之苦。"

说完，二人跳下水去。

时隔不久，其中一个人便失去了平衡，被水流冲向远方，不能把握自己的方向，而他是识水性、熟知水道的。与此同时，另一个人不曾下过水，却沿着直线游过了河，很快站在对岸上。他见同伴正与水流搏斗，便再次跳下水中，把同伴安全拖上岸来。

险些被水流送命的人问："你说你是不会游泳的，怎么这样信心十足地游过了河呢？"

对方说："朋友，难道你没看见我这条金腰带吗？这里面装满金币，是我一整年辛辛苦苦劳动所

得，全是为妻儿挣的。正是这条金腰带的价值将我浮过河来，以便回到妻儿身边；我游泳时，妻儿都在我的肩头。"

二人一起继续向萨拉米斯城走去。

大河

卡迪沙河谷的两条小溪相汇在大河奔流的地方,二者开始对话。

第一条小溪说:"朋友,你是怎么来的?路上顺利吗?"

第二条小溪答道:"我的路崎岖难行,障碍无数。水磨的轮子坏了,借运河引我的水灌溉庄稼的农夫死了。我不得不艰苦挣扎,携带着那些整日无所事事,在太阳下用他们的懒肉烤面包的人扔下的垃圾什物,缓慢地渗流。朋友,告诉我,你一路上情况如何?"

第一条小溪说:"我的路途则不同:我从香花翠柳环抱的山丘顶上飞泻而下;男男女女用银杯畅饮,把我视作甘泉;孩童们见我而纷纷赤足涉入水中;在我的周围,尽是人们的欢声笑语,甜美的歌声直飞九霄,欢乐充满云天。你的路途不像我这样幸福,真是悲剧!"

这时大河高声说:"来吧!来吧!我们将奔向

大海。来吧！来吧！不要再说什么！现在和我一道走，我们奔向大海。来呀，来呀！跟着我走，你会忘掉迷途上的欢乐与忧愁。来吧，请进来，到了我们的大海母亲的怀抱，我和你都会把我们所走过的路统统忘掉。"

辑三

被折断的翅膀

The Broken Wings

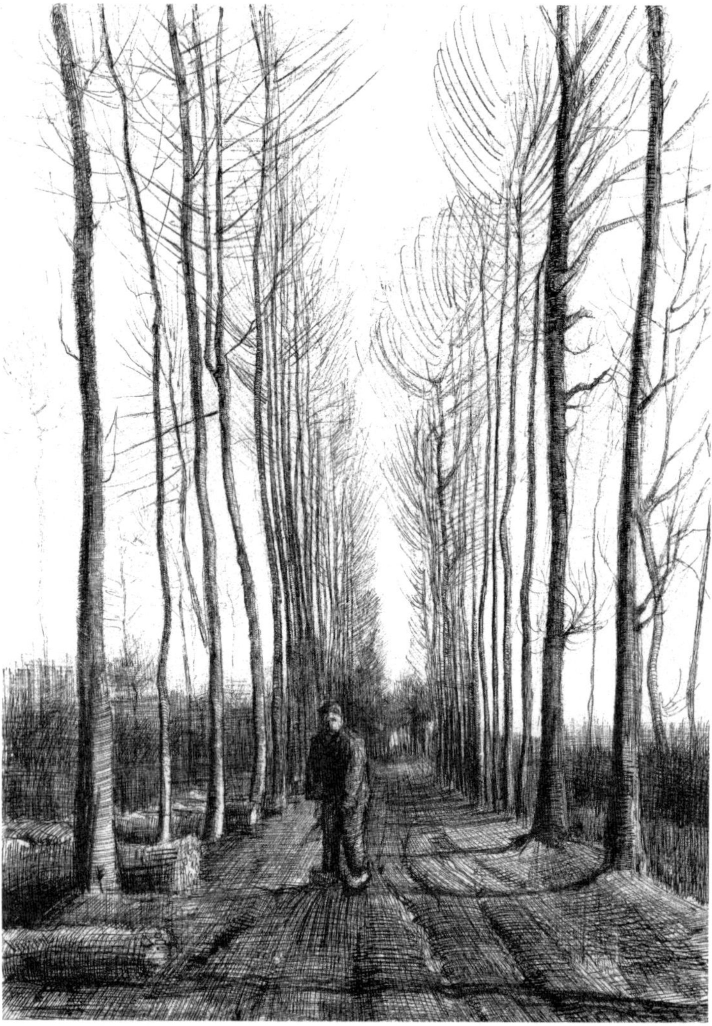

一切都能使人成为真正的人,
 而生活却是个永恒的谜。

无言的悲伤

众人们,你们想必总是回忆起青春的黎明之时,期望青春画面回返,惋惜它的逝去。至于我,想起那时来,则像获得释放的囚徒回忆起监牢的墙壁和沉重的镣铐。你们把从童年到青年之间的那段时光称为黄金时代;其时,人全然不识愁苦滋味,就像蜜蜂越过腐臭沼泽飞向花团锦簇的果园那样,展翅高翔在种种烦恼、忧虑的上空。然而,我却只能将我的少年时代称为无声无形的痛苦时代;其时,那种种痛苦就像暴风一样居于与发作在我的心中各个角落,随着我的心发育成长而增多,直到爱神进入我的心中,打开心扉,照亮各个角落,那暴风方才离开那里,卷入知识世界的出口。爱情解放了我的舌头,我会说话了;爱情撕开了我的眼帘,我会哭泣了;爱情开启了我的喉咙,我会叹息诉苦了。

众人们,你们想必记得看见你们玩耍,听到你们纯洁心灵低语的田间、果园、广场和街道;而我

《乡间公路》

凡·高

我的心只会在你的面前倾诉衷情。

等待我们的是甜蜜华年。

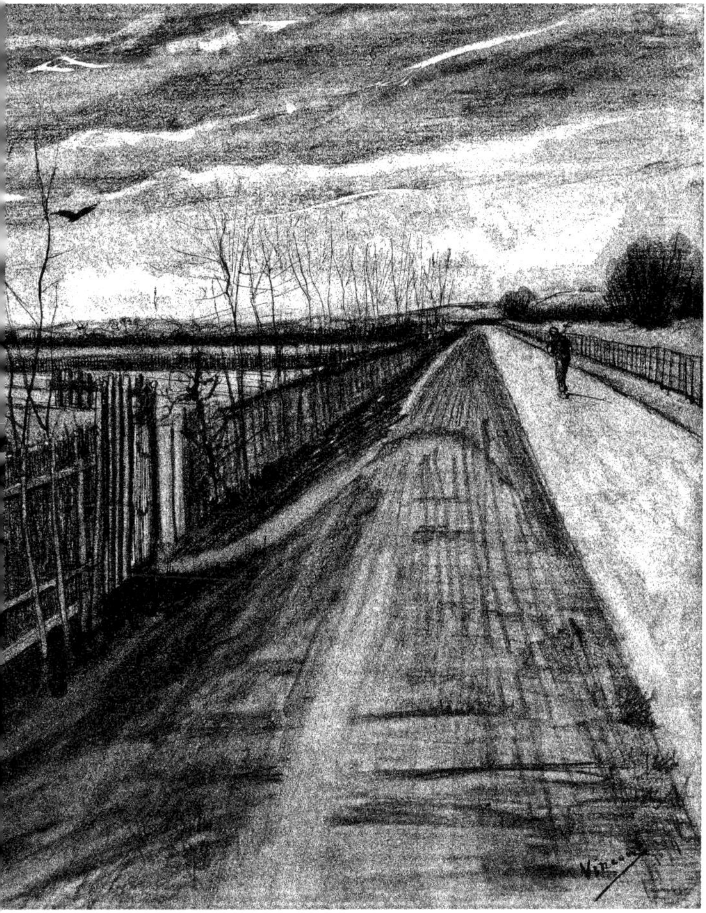

也记得黎巴嫩北部那个美丽的地方。我只要合上双眼，不看周围的一切，那充满神奇和庄严的山谷和那座座以光荣与宏伟高耸入云的山峰便油然浮现，清澈可见；只要捂上双耳，不听那社会传来的喧嚣声，那条条溪水的潺潺流水声和那千枝万叶的沙沙响声便自然响在耳边。不过，我现在提及并思念的美妙景色只是乳儿对母亲的怀抱贪婪而已。正是那片美景折磨着我那被囚禁在少年时期的昏暗之中的灵魂，酷似笼中的猎隼看见一群群猎隼自由翱翔在广阔天空时所遭受的折磨。正是那片美景在我脑中充满静观的病痛和沉思的苦涩，并用半信半疑、模棱两可的手指在我的心周围织就了一层绝望的纱包。我每到旷野去，总是愁眉苦脸而归；至于悲伤原因何在，我则全然不得而知。我每逢傍晚抬眼远望那被夕阳染成的云彩，总是感到心中郁闷难耐；至于郁闷意味着什么，我则完全猜不出。我每当听到钆鸵鸟鸣唱或溪水欢歌，我总是悲伤地停下脚步；至于悲伤默示着什么，我仍然不知其中奥秘。

人们说："愚昧是空虚的摇篮，空虚乃休闲之

坟墓。"此种说法对于那些生来就是死人、活着如同行尸走肉的人来说，也许是正确的。但是，当盲目的愚昧居于醒悟的情感旁边时，那么，无知比无底深渊更加残酷，比死亡更加苦涩。一个多情善感而知识甚少贫乏的敏感少年，则是太阳之下不幸的人，因为他的心灵总是处于两种不同的可怕力量之间：一种看不见的力量，载着他遨游云端，让他看到美梦雾霭之外的绝美万物；另一种可见力量，将他禁锢在大地之上，用尘埃蒙住他的眼睛，让他惊恐、迷惘在一片漆黑之中。

愁苦生着丝绸般柔软、神经极端敏感的手，它能牢牢抓住人的心，令其尽尝孤独寂寞之苦。孤寂是愁苦的同盟军，同样也是每一种精神活动的亲密伙伴。面对孤独寂寞作用和惆怅苦闷影响的少年的心灵，颇像刚刚出花萼的白色百合花，在微风前瑟瑟抖动，花蕊迎着黎明之光开放，随着黄昏暗影的经过而合上花瓣。假若少年没有散心的娱乐场所和志同道合的友伴，那么，生活在他的面前就像狭窄的监牢一样，能够看到的只有四面结满的蜘蛛网，能够听见的只有各个角落传出的蚕虫鸣声。

《双手撑头坐在筐上的女子》

凡·高

那种东西，秋天的眼泪抹不去，冬季的痛苦折磨不死。

拖累我的少年时代的愁苦并非源于我对娱乐场所的需求，因为当时我能玩耍的此类地方很多；也不是因为我没有志同道合的友伴，因为好友寻常，行处皆有。那种愁苦是我生来就有的一种心理病症，它使我喜欢离群独处，扼杀了我心灵中对于娱乐玩耍的倾向与爱好，摘去了我双肩上热望、幻想的翅膀，使我在万物面前就像倒映的画面，云天的色彩和树枝的线条，但却找不到一条通道，故无法顺之而下，化为溪流，唱着欢歌而奔向大海。

这便是我十八岁之前的生活面貌。在我经历的岁月中，那一年如同山顶，因为它使我停下脚步，仔细观看这个世界，让我看到了人类所走的路，让我看到了人类爱好的草原和他们所遇到的重重障碍以及他们的法律、传统的洞穴。

就在那一年，我获得了重生。一个人，假若不被愁苦孕育和被失望分娩，继而被爱情放在梦想的摇篮之中，那么，他的生命就如同存在于书中的空白一页。

就在那一年，我看见天使透过一位美娘的眼神

望着我；我还看见地狱的魔鬼们在一个罪恶男子的胸膛上大喊大叫，竞相奔跑。在生活的美妙与丑恶之中，谁没有看见过天使和魔鬼，他的心将始终远离知识，他的灵魂里也是一片空白，没有情感。

《左手撑头坐椅子的女子》
凡·高

满足是一种安慰,与之相伴的是遗忘。

盛燃的白炽火炬

四月过去了。在过去的一个月里,我常去法里斯老人家,与赛勒玛见面,在花园里对坐长谈,细观她的美丽容颜,欣赏她的天赋才气,静听她那无声的忧愁,只觉得有无数只无形的手在把我拉向她。那每一次访问,都会向我揭示她的一重新含义和她灵魂奥秘中的一层高深秘密,致使她在我的眼前变成了一本书,我读了一行又一行,背了一节又一节,唱了一曲又一曲,却总也读不完,唱不尽。

神赐予女性以心灵美和形体美,那是既明显而又神秘的现实,我们只能用爱情理解她,用圣洁去感触她,而当我们试图用语言描绘她时,她却远离我们的视野,隐藏到迷惑和模糊的雾霭之后去了。

赛勒玛心灵、形体俱美,我如何向不认识她的人描述她呢?坐在死神翅膀阴影下的人怎么能唤来夜莺鸣啭、玫瑰细语和溪水吟唱呢?一个拖着沉重镣铐的囚徒怎能追赶黎明的微风吹拂?不过,沉默不是比说话更难过吗?既然我不能用金线条描绘赛

勒玛的真实相貌，难道恐惧之意能够阻止我用浅薄词语叙述赛勒玛的一种幻影吗？行走在沙漠中的饥饿者，假若苍天不降甘露和鹌鹑，他是不会拒绝啃干面饼的。

　　赛勒玛身材苗条，穿着洁白长绸裙出现时，就像从窗子射进去的月光。她举止缓慢、稳重，颇有些像《伊斯法罕曲》。她的嗓音低沉、甜润，间或被叹息声打断，就像随着微笑波动，露珠从花冠上滴落而下一样，她的语音由绛唇间滑落而出。她的面容嘛，谁能描绘赛勒玛的面容呢？我们用什么样的字眼、词语，能够描述一张被痛苦、平静遮罩着的，而不是由透明面纱遮罩着的面容呢？我们用什么样的语言，能够谈论每时每刻都在宣布心灵秘密，每刻每时都在向观者提及一种远离这个世界的精神世界的容貌！

　　赛勒玛的容貌美并不合乎人类所制定的关于美的标准和尺度，而是一种像梦一样的奇异之美，或者说像幻影，或者说像一种神圣思想，不可丈量，无可比拟，不能界定，画师的笔描绘不出，雕刻家用大理石雕刻不成。赛勒玛的美不在于她那一头金

发，而在于金发周围的圣洁光环；她的美不在于她那一对明亮的大眼睛，而在于明眸内闪烁出的亮光；她的美不在于她那玫瑰色的双唇，而在于唇间溢出的蜜糖；她的美不在于她那象牙色的脖颈，而在于脖颈微微前倾的形象。赛勒玛的美不在于她那完美的体形，而在于她的灵魂高尚得像是一柄盛燃的白炽火炬，遨游在大地与无尽天际之间。赛勒玛的美是一种诗情画意，我们只能在高雅诗篇、不朽的画作和乐曲中才能看到她的影子。才子们总是不幸的，无论他们的灵魂多么高尚，却总是被一层泪水包裹着。

赛勒玛多思而寡言。不过，她的沉默是富有音乐感的，总是带着她的座客转移向遥远美梦的舞台，使之能听见自己的脉搏，可看到自己的思想幻影和情感出现在自己的眼前。

与赛勒玛品质和性格形影不离的特质是深沉、强烈的忧愁。忧愁本是一种精神绶带，赛勒玛披上它，则使她的体态更加美丽、庄重、奇异，她的心灵之光透过布丝露出来，就像透过晨雾看到的一棵繁花盛开的大树，忧愁将我俩的灵魂紧紧联结在一

起。我俩都能从对方的脸上看到自己内心的感受，都能从对方的胸中听到自己话语的回音，仿佛神灵已经把我们每个人变成了另一个人的一半，通过圣洁之手结合在一起，便成为一个完整的人；谁离开谁，都感到灵魂中有一种令人痛苦的缺憾。

一颗痛苦的心灵与另一颗有相似情感与感受的心灵结合在一起，能找到安慰与快乐，正如在远离祖国土地上的两个异乡客之间感到亲切一样。忧愁、患难之中相互贴近的心，浮华的欢乐是不能将它们分开的。心灵中用痛苦拧成的纽带要比欢乐织成的纽带牢固得多。眼泪洗刷过的爱情总是圣洁、美丽、永恒的。

《码头停靠的船》
凡·高

擦去眼泪,抬起头来!
就像黎明到来之时,鲜花昂起花冠,向着太阳开放。

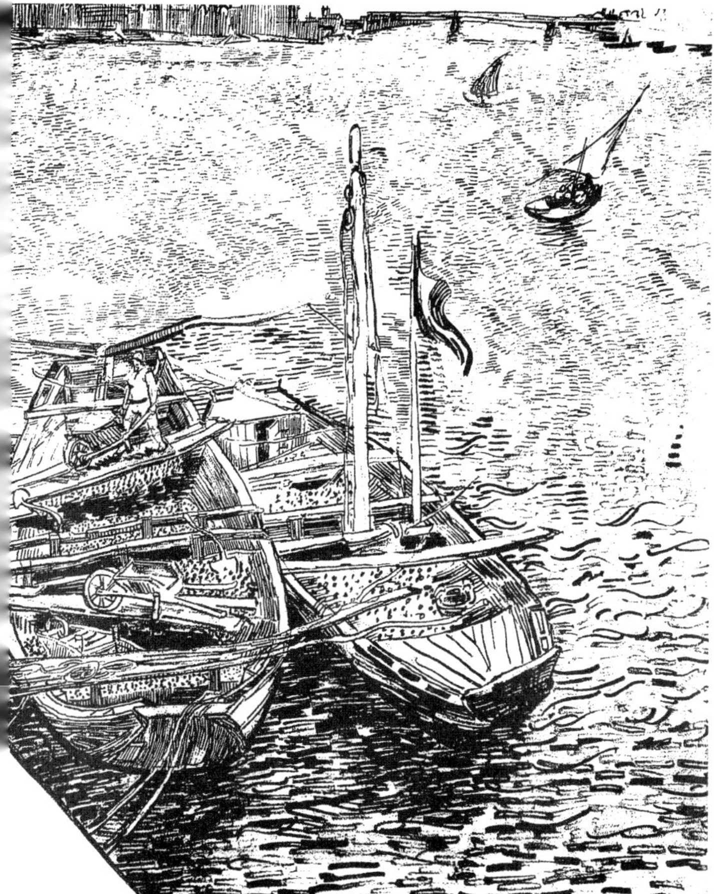

暴风骤雨

过了几天,法里斯老人邀我到他家吃晚饭,我欣然前往。我的心灵很馋老天爷放在赛勒玛手中的那种圣饼。那是一种精神圣饼,我们用心中之口吞食,越吃越觉得饥饿;那是一种神奇圣饼,阿拉伯人盖斯、意大利的但丁、希腊的萨福尝过它的滋味,不禁肝肠起火,心被熔化,那圣饼由神灵用亲吻的甜蜜和泪水的苦涩和成的面团做成,专供敏感、醒悟的心灵餐食,以便以其滋味令心灵欢欣,以其效应使心灵遭受折磨。

来到家中,我发现赛勒玛坐在花园一角的一张木椅上,头靠着一棵树干,身穿洁白长裙,像是一位幻想中的新娘,守在那个地方。我默不作声地走近她,像一个虔诚的拜火教徒坐在圣火前那样,在她的身旁坐了下来。我想说话,但发现自己张口结舌,双唇僵硬,只好沉默不语。一种无限深邃的情感,一经用具体语言表达出来,难免失却它的部分特殊意味。不过,我觉察得到,赛勒玛正在静听着

我的内心自言自语;与此同时,她也从我的双眸中看到了我那颗颤抖心灵的影像。

片刻之后,法里斯老人来到花园,朝着我走来,照习惯向我伸出手来表示欢迎,似乎也想对我与赛勒玛两颗灵魂联结在一起的隐秘表示祝贺。他微笑着说:

"我的孩子,快来吃饭吧!晚饭在等着我们呢。"

我们站起身来,跟着老人走去。赛勒玛用充满柔情的目光望着我,好像"我的孩子"一语唤醒了她内心的一种新的甜蜜感觉,其中包含着她对我的爱,如同母亲抱着孩子。

我们围桌坐下,边吃边喝边谈。我们坐在那个房间,津津有味地吃着各种可口美食,品尝着各种玉液琼浆,而我们的灵魂却不觉地遨游在远离这个世界的另一天地,梦想着未来,准备着应付各种可怕局面。三个人因生活志向不同,故想法各异,但他们的内心都怀有诚挚的友谊与至爱。三个人都是清白的弱者,他们感情丰富,而所知甚少,这便是心灵舞台上演出的悲剧。一位年高德劭的老人,甚

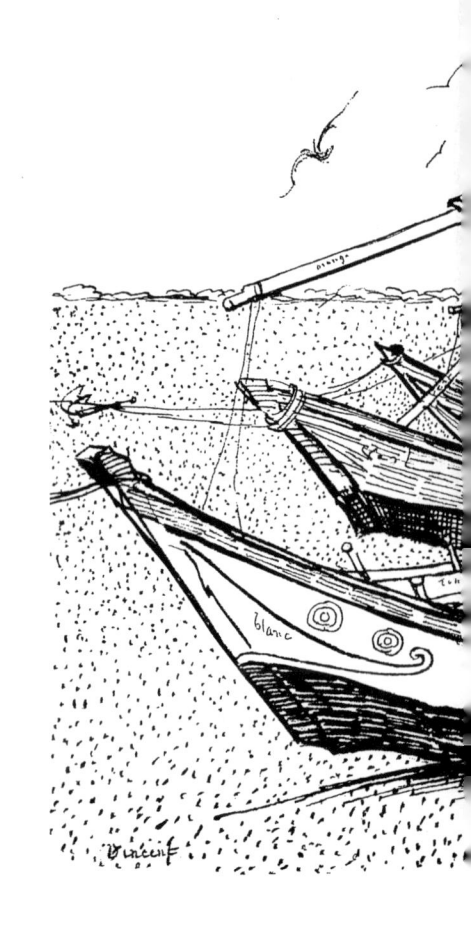

《水滩上的鱼船》

凡·高

这个世界的每一件伟大、美好事物，

均诞生于人内心深处的一种想法或一种感受。

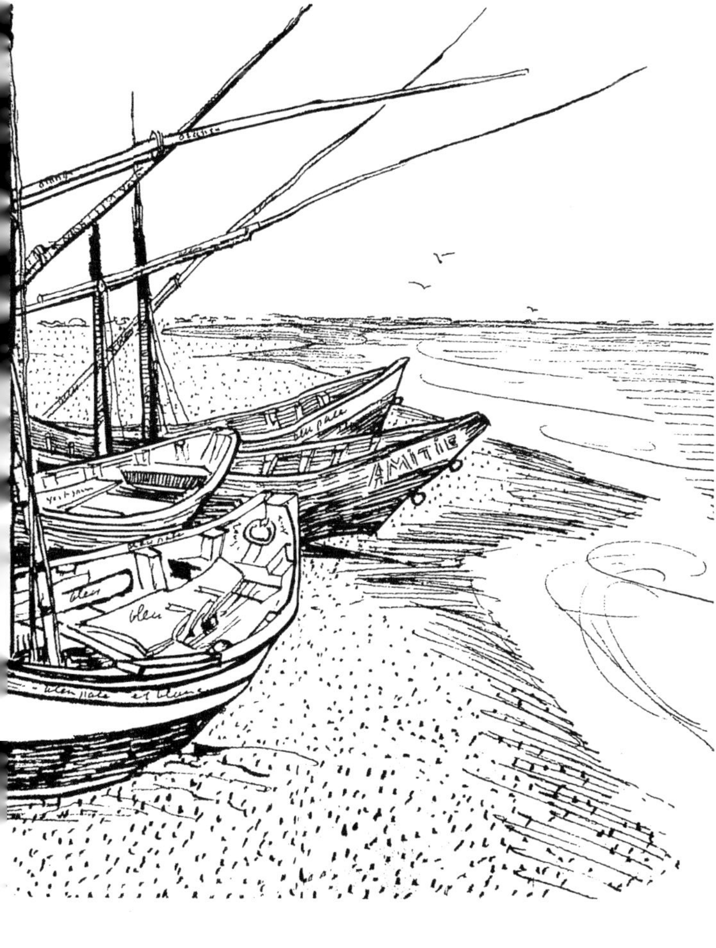
AMITIE

爱自己的女儿，只关心女儿的幸福，一个芳龄二十岁的姑娘，对自己的未来总是近看看，远看看，注目凝视，目不转睛，以便看看究竟是什么欢乐和不幸在等待着自己；还有一个小伙子，梦想联翩，忧思重重，既没有尝过生活美酒的滋味，也没有喝过生活的酸醋，一心想鼓翼飞翔在爱情和知识的天空，但因太弱，站都站不起来。三个人在远离喧嚣城市的一座宅院里，围坐着一张精美雅致的餐桌，夜色一片寂静，天上的繁星凝视着庭院。三个人边吃边喝，而天命却将苦涩与荆棘埋在了他们的盘底和杯中。

我们刚吃完饭，一个女人走了进来，对法里斯老人说：

"老爷，门外有人求见。"

老人问：

"谁呀？"

女仆回答道：

"我猜想他是大主教的家仆，老爷。"

法里斯沉默片刻，随后就像先知望着天空那样，凝视着女儿的眼睛，以便看看女儿隐藏的秘

密。之后,他转过脸去,对女仆说:

"让他进来吧!"

女仆闻声离去,过了一会儿,一条汉子出现了,身着绣金长袍,髭须两端上翘,哈腰问过安好,便对法里斯说:

"大主教阁下派我用他的专用马车来接你,他请你去,有要事与你相商。"

老人站起来,脸色都变了,原本春风满面的脸忽然蒙上了一层沉思的面纱,然后走近我,用温柔、甜润的声音说:

"我希望回来时还能在这里见到你。你在这里,赛勒玛能得到安慰,说说话可以驱逐夜下的寂寞,心灵的乐曲能够消除孤单的烦闷。"

然后望着女儿,笑着问道:

"赛勒玛,不是这样吗?"

姑娘点头称是,面颊顿时稍显绯红,继而用足以与笛声比柔美的话音说:

"我会尽心尽力让我们的客人感到快乐的,爸爸!"

老人在大主教家仆的陪伴下出了门,赛勒玛凭

《海上捕鱼船》

凡·高

你的心灵能听到百花低语和寂静唱歌,
也一定能听见我的灵魂和心的呐喊声。

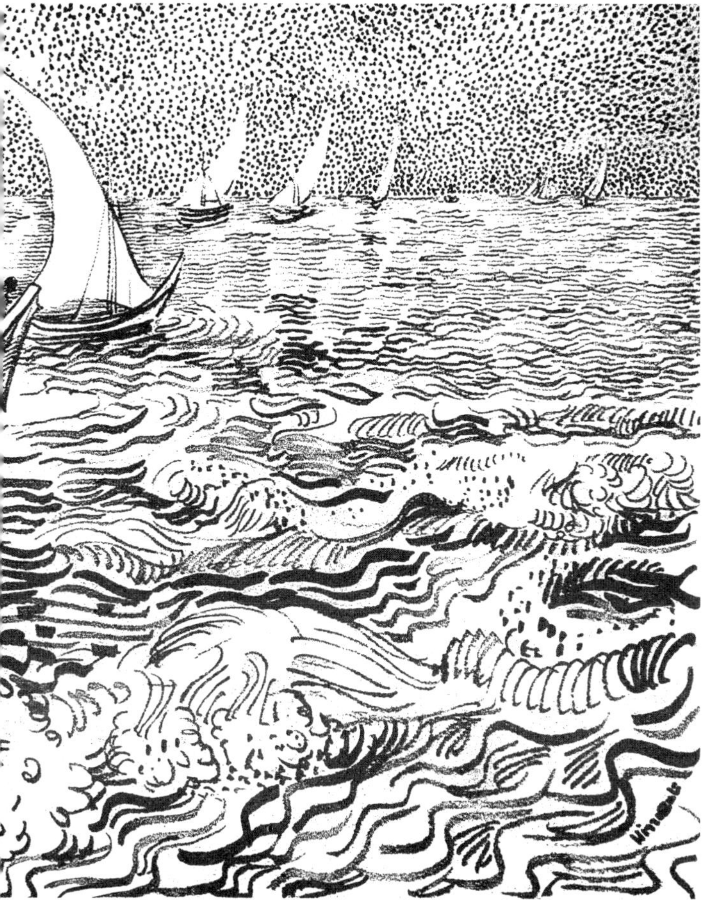

窗而站，望着大路，直至马车的影子消隐在夜幕之中，随着车子渐渐远去，车轮声渐渐消失，马蹄的嗒嗒响声也被寂静吞没了。

赛勒玛在我对面的沙发上坐下来，绿缎子的沙发布面衬托着她那洁白的长裙，她就像绿色草坪中被晨风吹弯腰的百合花。

老天有意成全我的心愿，让我在远离尘嚣的住宅与赛勒玛单独相会，更有万木护卫，一片寂静，爱情、圣洁和美的幻影自由徜徉、漫步在房舍四周。

几分钟过去了，我俩默默无言，不知所措，静静沉思，都在期盼着另一个人先开口说话。难道那就是实现相爱灵魂之间互解共通的话语吗？莫非那就是发自唇舌，使心神相互接近的声音与节拍吗？莫非没有一种东西比口说出的更高尚，比声带为之振动的更纯洁吗？那不就是将一个心灵送往另一心灵，将一颗心的低语传入另一颗心的无声寂静吗？那不就是寂静将我们从自身中解脱出来，遨游无边的精神太空，接近田园吗？我们感到自己的躯体不过是个狭窄牢笼，这个世界无异于遥远的流放地。

赛勒玛望着我,眼神里已透露出她心灵的秘密。之后,她用令人心荡神驰的镇静口吻说:

"我们到花园里去,坐在树下,观赏一下月亮爬上东山的壮景吧!"

我顺从地站起来,阻止说:

"赛勒玛,我们站在这里待到月亮升起、照亮花园不是更好吗?现在夜色笼罩着花木,我们什么也看不见呀!"

她回答说:

"黑暗即使能够遮住眼前的花草树木,但却遮挡不住心中的爱情。"

她用非同寻常的语气说了这么一句话,然后把目光转向窗子,我则默默思考着她的话,想象着每个词语的意思,琢磨着每个字的真实含义。过了一会儿,她转过脸来,凝神注视着我,仿佛对自己说出的话感到后悔,想借自己的神奇目光,从我的耳朵里收回她讲出的那句话。但是,那神奇目光的作用恰恰相反,不但收不回那些话,反倒使那些更清楚、更深刻地留在我的胸中,紧紧贴着我的心,随着我的情感起伏涌动到生命的最后一刻。

《连排农舍》

凡·高

我的心灵沉醉在情感的美酒之中。

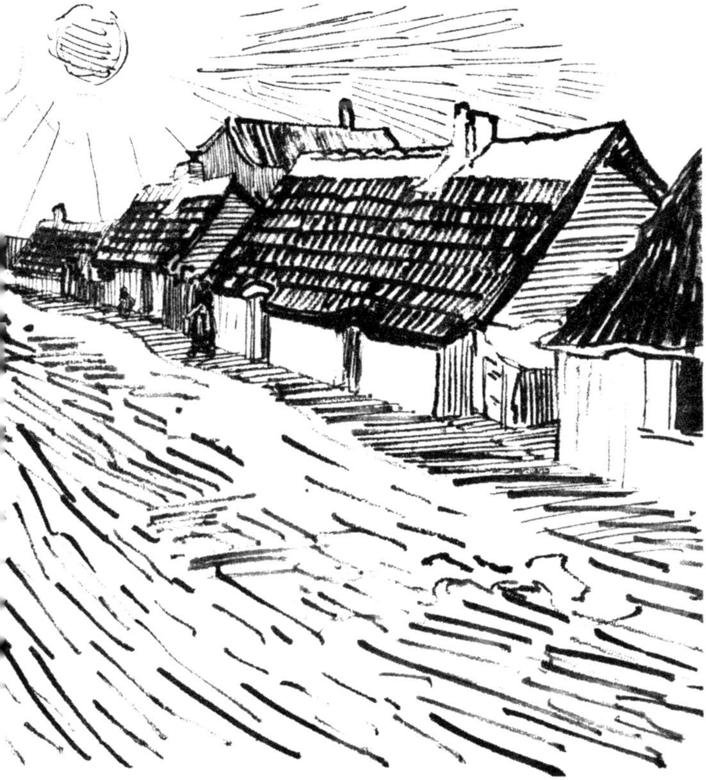

这个世界的每一件伟大、美好事物,均诞生于人内心深处的一种想法或一种感受。我们所看到的历代的作品,在其出现之前,原本都是隐藏在男子头脑中的一种想法或女子胸中的一种美好的情感……使鲜血像溪水一样流淌、奉自由作为神灵崇拜的可怕暴动,原本不过是生活在成千上万男子中的某位男子头脑中的一种浮想;令宝座倾覆、王国灭亡的痛苦战争,起初也仅仅是某个人头脑中的一个念头;改变人类生活进程的崇高学说,本来也只是才华出众的一个人心中的一种带有诗情的意向。一个想法建造了金字塔,一种情感毁灭了特洛伊城,一种念头创造了伊斯兰光荣,一句话烧毁了亚历山大城图书馆。

夜深人静时产生的一种想法,有可能带你走向光荣,也可能引你步入疯狂;一个女人的一瞥,可使你成为最幸福的人,也可能使你成为最不幸的人;一个男子说的一句话,可使你由穷变富,也可能使你由富变穷……在那静悄悄的夜里,赛勒玛说的那句话,使我像停泊在海涛与苍天之间的船一样站在过去与未来之间。一句意味深长的话将我从青

年时代的昏睡和空虚中唤醒，把我的岁月带上通向死去活来的爱情舞台的一条新路。

我们来到花园里，行走在花木之间，只觉微风用它那看不见的手指抚摩着我们的脸面，鲜嫩的花和柔软的草在我们的脚下摇摆晃动。我们终于行至素馨花丛前，在一张长木椅子上默不作声地坐了下来，静听沉睡的大自然的呼吸，在透过蓝天望着我们的天目面前用甜润的叹息声揭示彼此心中的隐秘。

月亮爬上了萨尼山，月光洒遍山巅、海岸，山谷坡上的农村清楚地显现出来，仿佛无中生有，突如其来。整个黎巴嫩山脉出现在银色月华下，就像一位曲肱而枕的青年，盖着一层轻纱，肢体若隐若现。

西方诗人心目中的黎巴嫩是个梦幻般的地方。不过，就像随着亚当、夏娃被逐，天堂被遮掩起来那样，随着大卫、所罗门和众先知的逝去，黎巴嫩的真实面貌也渐而消隐了。黎巴嫩是一个诗般的词语，而不仅仅是一座山名，它象征着内心的一种情感，使人想象到一幅幅奇妙的美景：繁茂的杉树

《田野的小路》
凡·高

青春苏醒与昏暗之间时的爱情,仅仅满足于相会、联系,通过接吻、拥抱而成长。

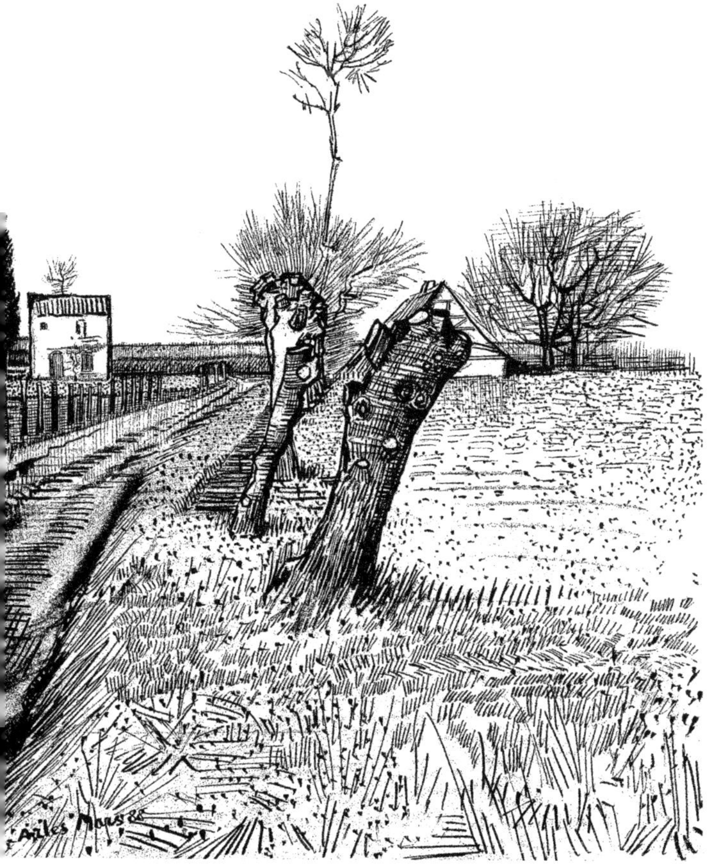
Arles Mars 88

林，散发着袭人的清香；用青铜和大理石建成的高塔，那是光荣与伟大的标志，一群群羚羊蹒跚漫步在山冈和谷地。那天夜里，我看到黎巴嫩宛如诗意般的幻想，像白日的梦境一样呈现在我的眼前。随着我们情感的变化，我们眼前的一切东西都变了模样。当我们心灵中充满神奇的妖丽时，我们想象着一切东西都蒙上了神奇与妖丽的色彩。

赛勒玛望着我，月光照着她的面孔、脖颈和手腕，她就像美与爱之神阿施塔特的崇拜者雕刻成的一尊象牙雕像。

她问我：

"你为什么不说话呢？为什么不向我谈谈你过去的生活呢？"

我望着她那对明亮的眼睛，像突然开口说话的哑巴一样回答她说：

"我一来到这个地方就说话，难道你没有听见？自打进了花园，莫非你没有听见我说的话？你的心灵能听到百花低语和寂静唱歌，也一定能听见我的灵魂和心的呐喊声。"

她用手捂着自己的脸，然后用断断续续的声

音说：

"我已听到你的声音……是的，我已听到了。我听到了发自夜的肺腑的呐喊声和发自白昼之心的高声喧嚣。"

我忘记了自己过去的生活经历，忘掉了自己的存在，忘记了一切，只知道赛勒玛，只感觉到她的存在，立即说：

"赛勒玛，我已听到了你的声音，听到了一曲起死回生、引人入胜的伟大歌声，太空中的尘埃为之波涌翻腾，大地之基因之摇晃震动。"

赛勒玛合上眼，深红色的唇上绽现出一丝苦苦微笑，然后低声说：

"现在我知道了，有一种东西比天高，比海深，比生死和时光更强有力。我现在知道了那种昨天不知道，也不曾梦想过的那种东西。"

从那一时刻起，赛勒玛变得比朋友更亲密，比姐妹更亲近，比情人还可爱。她变成了一种与我的头脑形影不离的崇高思想，包围着我的心的一种温情和萦绕我心灵的一个美梦。

认为爱情必诞生于长期相处、久相厮伴的人们

《庭院中的花》

凡·高

黑暗即使能够遮住眼前的花草树木,
但却遮挡不住心中的爱情。

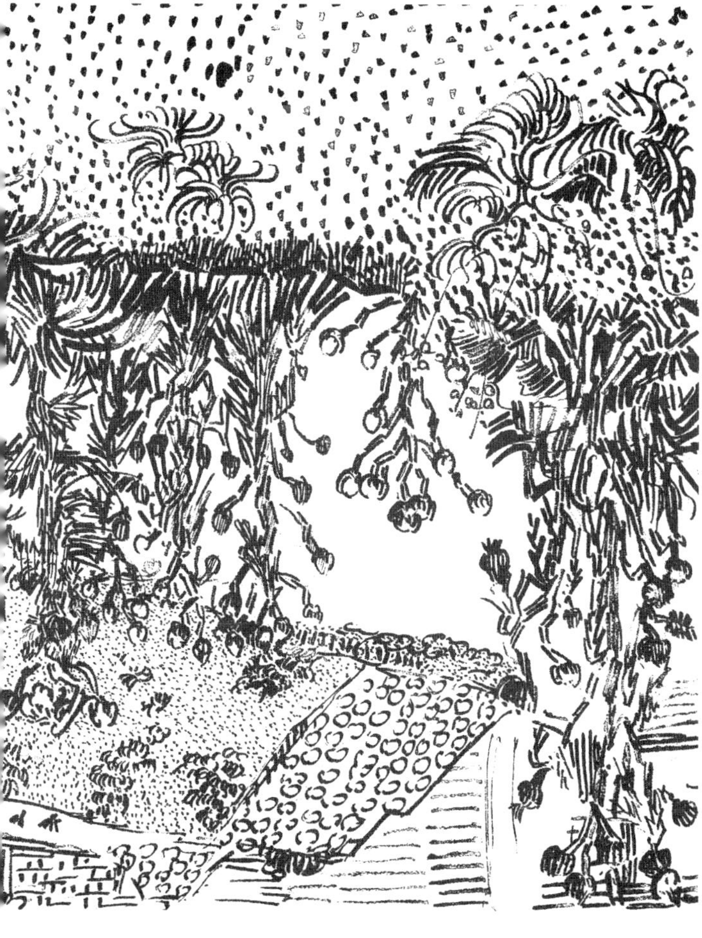

是多么无知啊！真正的爱情是灵魂互解的结晶；假若这种互解不能在片刻之内实现，那么，即使一年、一代也是实现不了的。

赛勒玛抬起头来，向着萨尼山与天边相接的遥远天际望去，然后说：

"昨天，你还像我的一位长兄，我放心地与你接近，在父亲在场的情况下，我可以坐在你的身旁。而现在，我觉得有了一种比兄妹关系更强烈、更甜蜜的东西。我觉得那是一种超越一切关系的奇妙情感，那是一种强烈、可怕、可爱的关系，使我的心中充满痛苦与欢乐。"

我回答她说：

"我们害怕的、我们的心胸为之颤抖的这种情感，难道不就是那种令月亮绕着地球转、地球绕着太阳转、太阳及其周围一切绕着上帝转的绝对规律的一部分吗？"

赛勒玛容光焕发，眼噙泪花，就像水仙花瓣上的露珠闪闪发光。她用手抚摩着我的头，将手指插在我的头发里，然后说：

"哪个人会相信我们的故事呢？谁相信我们在

日落月出的时辰里,我们已跨越了怀疑与诚信之间的一切障碍和隘口呢?谁能相信我们初次见面的四月竟是让我们站在了生命最神圣殿堂的阳春之月呢?"

她说话时,我低着头,她的手一直在抚弄着我的头发。此时此刻,假若让我选择,我会放弃王冠和花环而选择抚弄我的头发如丝的那只柔嫩的手。

我回答说:

"人类不相信我们的故事,因为他们不知道爱情是唯一一朵不需季节合作而成长、发育的鲜花。难道让我们初次见面的是四月吗?使我们站在生命最神圣殿堂的是这一时辰吗?难道不是上帝之手在我们出生、沦为白昼与黑夜的俘虏之前,就把我们的灵魂融合在一起了吗?赛勒玛,人的生命并非从子宫里开始,也不是在坟墓前结束。这个充满月华星光的浩瀚宇宙,不乏以爱情相互拥抱的灵魂和以互解联合化一的心灵。"

赛勒玛轻轻地抽回自己的手,将电的波浪留在我的发束之中,在夜间的微风吹拂戏动下,波浪起伏翻动有增无减。我伸出双掌,捧住她那只手,就

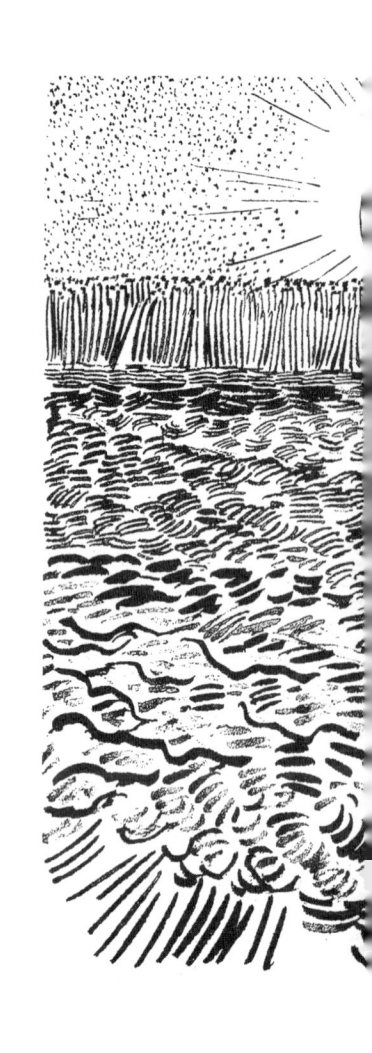

《播种的农民》

凡·高

那是像幻影一样过去、像雾霭一样消失的日子，在我的心中留下的只有痛苦的记忆。

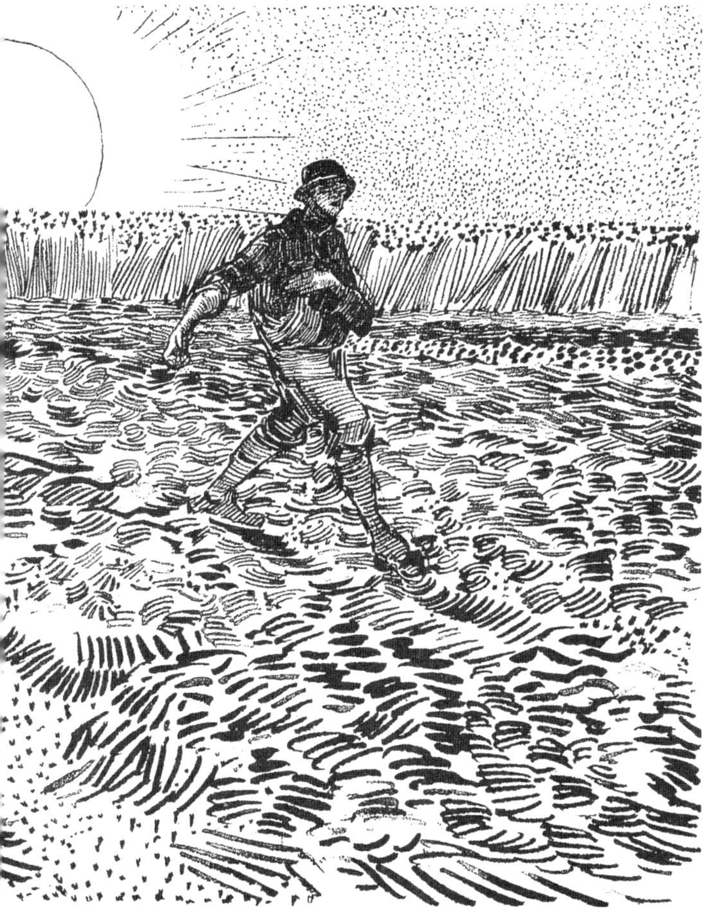

像虔诚的教徒抚摩圣坛的帷幔祈祷祝福那样,将之放在我那火热的双唇间,久久地、深深地亲吻;那热吻能用它的高温熔化人心的一切感受,能用它的甜美唤醒神灵中的一切纯真情感。

一个时辰过去了,其中的每一分钟均等同眷恋情深一年。夜色寂静,月光如水,周围是一片林木花草。当我们沉醉在忘掉一切、只晓爱情真实的境界之中时,忽然听到马蹄、车轮声在迅速地靠近我们,我们立即从那甜滋滋的昏迷中苏醒过来,由幻梦世界回到了使我们感到进退两难、困惑难堪的现实世界。我们知道法里斯老爹已从大主教家回来了,于是走出树林,等待他的到来。

马车在花园入口停下,法里斯老人下了车,低着头缓步朝我们走来。老人家如同背负重载,疲惫不堪,走到赛勒玛跟前,双手搭在她的肩上,久久凝视着她的面容,仿佛怕她的形象消失在他那昏花的双眼里。随之,老泪纵横,淌落在那他满布皱纹的面颊上,双唇抖动,绽现出凄楚的微笑,用哽咽的声音说:

"赛勒玛,过不多久……多不了几天,你就要

离开爸爸的眼前,投入到另一位男子的怀抱中去了。过不了多久,上帝的教法就要把你从这个孤零零的家里带到宽广的天地中去了。到那时,这座花园将会思念你那缓慢稳重的脚步,爸爸也将变成陌生人了。赛勒玛,天命已经开口说话,愿苍天为你祝福,求苍天保佑你!"

赛勒玛听父亲这么一说,面色顿改,两眼呆滞,仿佛看到了死神的影子站立在她的面前。随即,她抽抽噎噎地哭了,像被猎人射中的鸟儿,扑扑棱棱地落在低洼地上,疼得周身颤抖不止。她用被深深痛苦打断的声音大声喊道:

"您说什么?您说的是什么意思?您想把我打发到哪儿去呀?"

赛勒玛凝视着父亲,好像她想用目光揭去掩藏他胸中秘密的那层包裹里。一分钟死一般的沉寂过去之后,赛勒玛叹了一口气,说:"我现在明白了……我全明白了……大主教夺去了您的爱女……他为这只被折断翅膀的鸟儿准备好了笼子……爸爸,这就是您的想法和意志吧?"

法里斯老人只用深深的叹息做回答。然后将赛

《松树与岩石》
凡·高

你用爱情打开了我的眼界,
用爱情使我永远双眼失明。

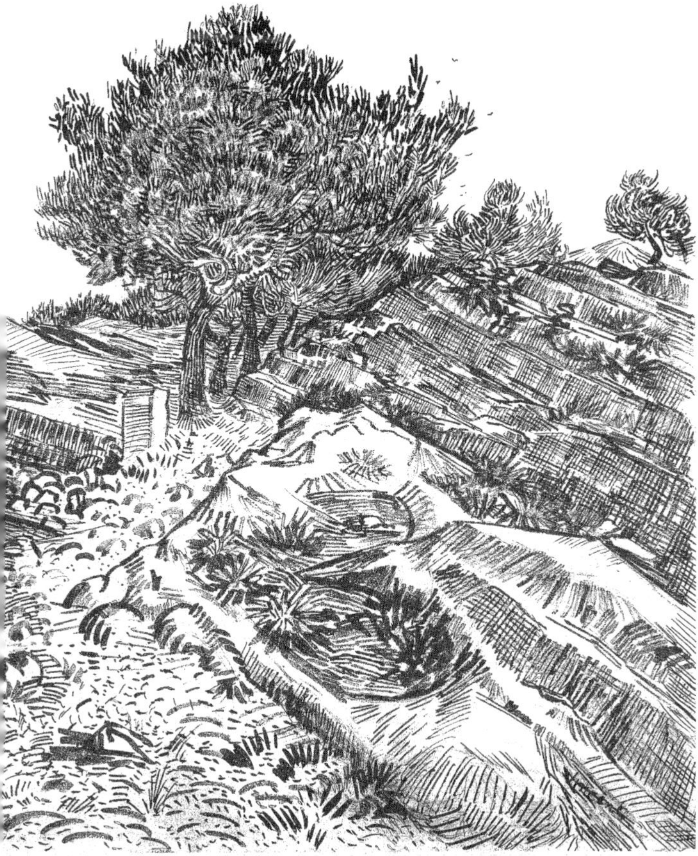

勒玛领进厅堂，慈爱之光从不安的面容上顿泻而出。我留在树林里，一时不知如何是好，情感被困惑戏动，如同秋风横扫落叶。过了一会儿，我跟着父女俩进了厅堂。为了掩饰爱打听别人隐私的好管闲事者的外表，我握住老人的手告别，又用类似于被淹死的人望着苍穹顶上一颗明亮的星星那样的目光望了望赛勒玛一眼，然后转身出了门，父女俩谁也没有觉察到我已离开那里。但是，当我行至花园尽头时，忽听老人呼唤我，我回头望去，发现他追了出来，我立即回头迎他。当他握住我的手时，用颤抖的声音说：

"原谅我，孩子！是我使你今夜以眼泪宣告结束。不过，你将会常来看我的，不是吗？当这个地方变得空空荡荡，只留下一个老人度过痛苦的风烛残年时，你能不来看我吗？当然，风华正茂不喜风烛残年，宛如清晨不与黄昏相会，但你将常来我这里，以便让我回忆起我在你父亲身旁度过的青春时光，让我重新听到那不再属于我的生活故事，难道不是这样吗？当赛勒玛走后，只有我一个人孤单单地住在这座远离众人家宅的房子里时，你会不常来

看我吗？"

老人说出最后几句话时，声音低沉、断续。当我握住他的手，默默地抖动时，我感到几滴热泪夺眶而出，滴在了我的手上。此时此刻，我的心灵颤抖起来，只觉得对他有一种做儿子的情感在胸中涌动，甜蜜而痛苦，像口渴的感觉一样直冲上双唇，然后又像难言的痛苦一样回到心的深处。我抬起头来，看见他的泪水簌簌下落，我的眼泪也夺眶而出。他稍稍弯下腰，用颤抖的双唇吻了吻我的前额，然后把脸转向宅门，说："晚安……晚安，孩子！"

满布皱纹的老人脸上那一滴闪光的泪水，要比青年人泪水滚滚给人的心灵带来的震撼强烈得多。

青年人的滚滚泪水溢自泪水充裕的心间，而老人的泪却倾于眼角的残余泪滴，也是虚弱体内的剩余活力。青年人的眼泪像玫瑰花瓣上的露珠，而老人的眼泪则像舞动的黄叶，预示着生命的冬天已经临近。

法里斯老人的身影消隐在两扇门后。我走出了那座花园，而赛勒玛的话音依然绕在我的耳际，她

《橄榄树》

凡·高

昔日把我们分开的那种盲目力量,

今天将再次把我们分开。

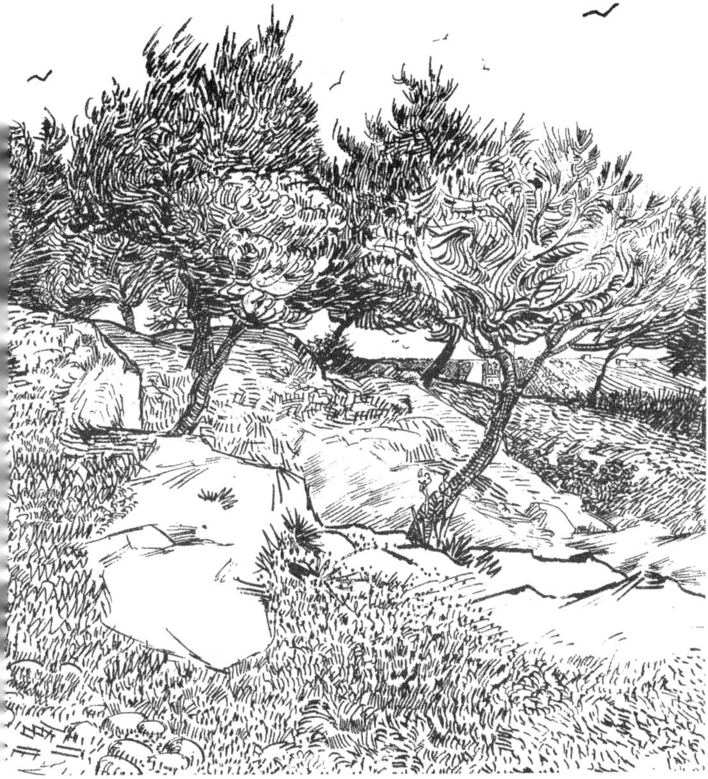

的美貌像幻影一样蹒跚行走在我的眼前，老人家的眼泪也在我的手上慢慢干了。我离开那个地方，宛如亚当离别了伊甸园，但这颗心中的夏娃却没有在我的身边，当然也就不能让整个世界变成天堂了……我离开那座宅院，只觉得那是我再生的一夜，也是我首次看到死神面孔的夜晚。

　　太阳能用自己的热量使大地充满勃勃生机，同样也能用自己的温度使大地死亡。

烈火之湖

人在漆黑夜里秘密所做的任何事情，也必将有人将之公布于光天化日之下。我们的唇舌在寂静之中的悄声低语，往往在我们不知不觉之时，便变成公众谈论的话题。我们今天想隐藏在住宅角落里的事情，明天就会暴露，公开展示在街头巷尾。

同样，黑夜的幻影宣布了保罗·伽里卜会见法里斯老人的目的。就这样，保罗·伽里卜的言谈话语被带到了城中各区，也传进了我的耳际。

在那月明风清之夜，保罗·伽里卜召见法里斯老人，并非为了与他商量穷苦人、残疾人的事情，也不是为了把寡母孤儿的情况告诉他，保罗·伽里卜用自己的豪华私人马车把老人接去，原来是替自己的侄子曼苏尔贝克·伽里卜向老人的女儿赛勒玛求婚。

法里斯·凯拉麦是位富翁，他的唯一继承人便是他的女儿赛勒玛。保罗·伽里卜要选赛勒玛做他的侄媳，既不是因为她的美貌，也不是因为她灵魂

《花园中的树》

凡·高

忧愁、患难之中相互贴近的心，
浮华的欢乐是不能将它们分开的。

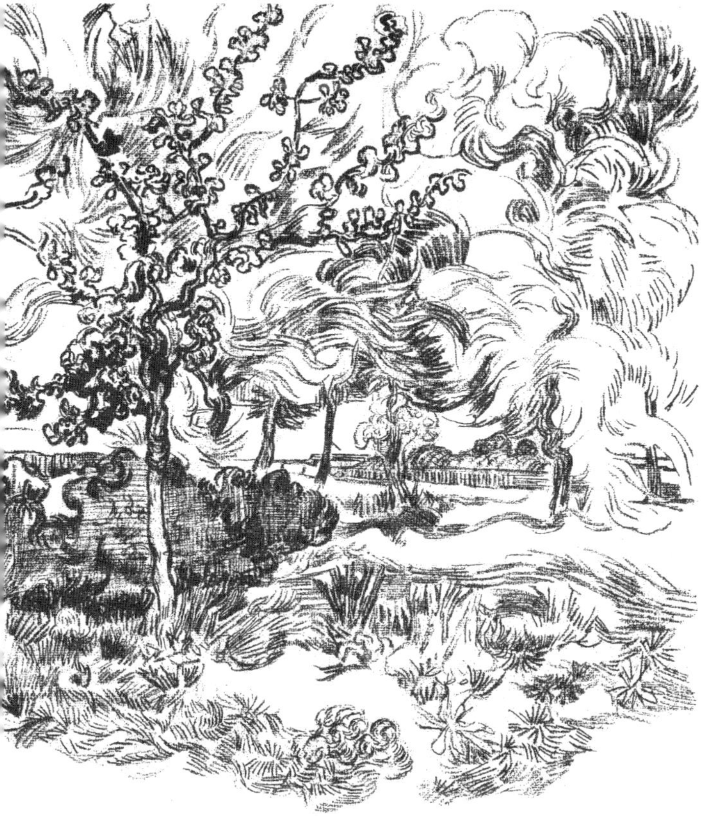

高尚，而是因为她富有，她那万贯家财足以保证曼苏尔贝克的前程，借助她的大笔钱财，足以使他能在贵族当中寻求到崇高地位。

领袖们不会满足于他们自己已经获得的尊严和权势，而是竭力让他们的后代居于众人之上，奴役人民，控制人民的人力、物力和财力。帝王驾崩，将荣誉传给自己的长子，而宗教领袖的光荣则像传染病一样传给兄弟及侄子。就这样，基督教的大主教、伊斯兰的伊玛目和婆罗门教的祭司，都像海中蛟龙一样，伸出无数巨爪捕捉猎物，张开无数大嘴吮吸猎物鲜血。

当保罗·伽里卜代侄子求娶赛勒玛时，法里斯老人只得用深深的沉默和灼热泪水作答。当父亲要送别女儿时，即使女儿要嫁到邻居家或应选入皇宫，哪位父亲能不难过？当自然规律要一位男子同自己的女儿分别时，而那女儿是他自幼逗着她玩，继之教育、培养她成为妙龄少女，后来长大成朝夕相依为命的大姑娘，却要与他分别了，他的内心深处怎会不难过得颤抖战栗呢？对于父母亲来说，女儿出嫁的欢乐类似于儿子娶媳，只不过是后者给家

庭增加了一个新成员,而前者则使家庭减少了一个亲密的老成员。法里斯老人被迫答应了保罗·伽里卜的要求,强抑心中的不悦情感,在他的旨意面前低下了头。老人家不但见过保罗·伽里卜的侄子曼苏尔贝克,而且常听人们谈起他来,深知其性情粗野、贪得无厌、道德败坏。可是,在叙利亚,哪个基督教徒能够反抗保罗·伽里卜,同时又能在信仰民中受到保护呢?哪一个违背宗教领袖意愿的人能在人们当中受到尊重呢?与箭对抗的眼睛,怎能逃避被射瞎的命运?与剑搏斗的手臂,怎会不被斩断?即使老人家能够违抗保罗的意愿,他能够保证女儿的名声不遭猜疑与毁灭吗?女儿的名字能够不遭受众口舌的玷污吗?在狐狸看来,高悬的葡萄不都是酸的吗?

就这样,天命狠狠抓住了赛勒玛,将她作为一个低贱的奴隶卷入了不幸东方妇女的行列。就这样,一个高尚的灵魂刚刚展开圣洁的爱情翅膀,在月光朦胧、百花溢香的天空中遨游之时,便落入了罗网。

在多数地方,父辈的大笔钱财往往是女儿不幸

《麦田和树》

凡·高

我将像田野酷爱春天那样爱你。

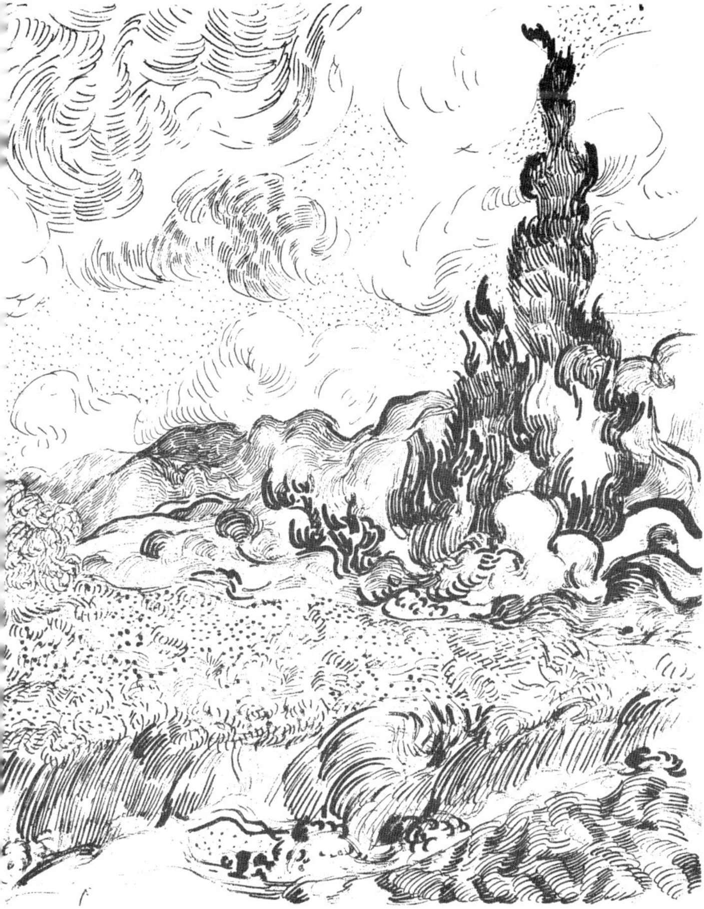

的起因。靠父亲辛勤努力、母亲精打细算填充起来的宽大金库，顷刻之间便会化为继承者心灵的黑暗狭窄牢笼。人们顶礼膜拜的伟大财神，瞬间会变成折磨灵魂、毁灭心神的可怕恶魔。赛勒玛像许多不幸的姑娘一样，成了父亲巨财和新郎贪婪的牺牲品。假若法里斯不是一个富翁，那么，赛勒玛今天也会像我们一样，快活地生活在阳光下。

一个星期过去了。赛勒玛的爱总是陪伴着我：黄昏时，那真挚的爱在我的耳边吟唱幸福之歌；黎明时，那执着的爱将我唤醒，让我瞻望生活的意义和存在的秘密。那是神圣的爱，不知何为嫉妒，因为它无求于人；它不会使肉体感到痛苦，因为它在灵魂深处。那是一种强烈的慕爱之情，它会使心灵得到极大的满足。那是一种极度深刻的饥饿，它以知足填满人心。那是一种情感，它能使思念之情诞生，但却不激发思念之情。那是一种迷人心窍的屡景，使我视大地为一片乐土，令我看人生是一场美梦。早晨，我行走在田野上，在大地的苏醒中看到了永生象征；我坐在海岸边，从大海波涛里听到了永恒歌声；我走在城市大街上，从行人的脸上和劳

动者行动中看到了生活的美和繁荣的欢乐。

那是像幻影一样过去、像雾霭一样消失的日子,在我的心中留下的只有痛苦的记忆。那眼睛,我曾用它看过春令的美景和田野的苏醒;如今,它看到的只有暴风的愤怒和冬天的失望。那耳朵,我曾用它听到波涛的歌声;如今,它只能听到心灵深处的呻吟和深渊的号丧声。那心灵,曾是多么敬重人类的活力和兴盛的光荣;如今,它却只能感到贫困的不幸和堕落者的悲惨。谈情的日子多么甜润,说爱岁月之梦何其甘美!痛苦之夜多么苦涩,何其可怕啊!

周末的黄昏时分,我的心灵沉醉在情感的美酒之中,于是向赛勒玛的家走去。她的家宅是美所建造、爱所崇拜的圣殿,为的是让心灵在那里顶礼膜拜,虔诚祈祷。当我行至那座寂静的花园时,我感到有一种力量在吸引着我,将我带出这个世界,让我缓慢地接近一个没有争斗的神奇天地。我只觉得自己就像一位教徒,被天引向幻梦境界,我忽然发现自己行进在相互交织的树木与互相拥抱的鲜花之间。当我行至宅门口时,抬头一看,只见赛勒玛坐

《山和麦田》

凡·高

拿来酒壶,让我们一起畅饮,

一道回忆往昔岁月。

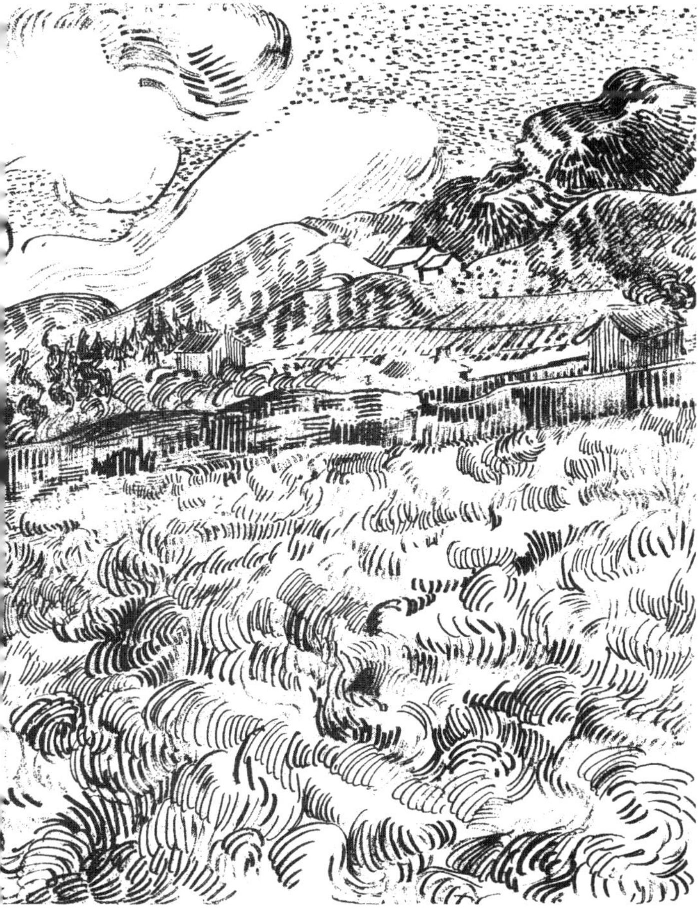

在素馨花树荫下的那张长椅上；那正是一周之前，在神灵选定的夜晚，我俩同坐的地方，是我幸福的开端，也是我不幸的源头。我默不作声地走近她，她纹丝不动，一声不响，仿佛她在我到来之前，就已经知道我要来。我在她身旁坐下来，她朝我的眼睛凝视片刻，深深长叹了一口气，然后把目光转向遥远的晚霞，那里正是夜首与日尾相互嬉戏的地方。一阵将我们的心灵纳入无形灵魂行列的神秘寂静过后，赛勒玛把脸转向我，伸出冰冷、颤抖的手拉住我的手，用类似于饥饿得说不出话来的人的呻吟似的声音说：

"朋友，你瞧瞧我的脸，好好地瞧一瞧，细细地看一看关于我的一切情况吧……亲爱的，你看看我的脸……哥哥，你好好瞧一瞧吧！"

我瞧着她的脸，久久地注视了一番，发现几天前她那还像嘴一样微笑和像鸱鸟翅膀扇动的眼睛已经凹陷下去，而且呆滞僵死，蒙上了一层痛苦、忧虑的阴影；她那昨天还像高高兴兴接受太阳神亲吻的白百合花瓣似的皮肤已经枯黄，盖上了一层绝望的面纱；她的双唇本来像延命菊花，甜汁四溢，如

今已经干枯，活像秋风下留在枝头上瑟瑟抖动的两片玫瑰；她的脖颈原先像象牙柱子一样挺立着，如今已经向前弯曲，仿佛再也无力承受头脑里的沉重负担。

我看到了赛勒玛脸上这些令人痛苦的变化，但所有这些在我看来不过是薄云遮月，使月亮显得更加美丽、壮观、庄严。脸上所透露出来的精神深处的秘密，无论其多么令人痛苦难过，都会使面容更加妩媚、甜润；而那些默不作声，不肯吐露内心隐情和秘密的面孔，无论其线条多么流畅，五官如何端正，也谈不上什么美丽。酒杯只有晶莹透明，全呈美酒色泽，才能吸引我们的双唇。那天黄昏，赛勒玛正像一只盛满纯酒的杯子，生活的苦汁与心灵的甘甜相互掺杂在酒之中。赛勒玛在不知不觉中演示了这里妇女的生活：刚告别父亲的家，便使自己的脖颈套在了粗鲁丈夫的枷锁之下；才离开慈祥母亲的怀抱，就生活在残暴婆母的奴役之中。

我目不转睛地凝视着赛勒玛的面孔，静听着她那断断续续的呼吸声，默默地思考着，和她一起感到痛苦，为她感到难过。我终于感到时间停下了脚

步,万物被遮挡起来,渐而消失,只看见两只大眼睛在凝神注视着我的内心世界,只觉得我双手捧着的那只冰冷的手在不住地颤抖,直到赛勒玛平静,用她那从容的话音说话时,我才从这种昏迷中苏醒过来。她说:

"来吧,朋友,我们现在谈谈吧!趁未来还没有把艰难险阻加在我们的头上,让我们描绘、勾勒一下我们的未来吧!我父亲已到那个将成为我终身伴侣的男人家去了。上天选定的导致我出生的男人去见大地注定的成为主宰我的末日的男子了。就在本城的中心,伴我度过青春时代的老人正在会见将伴我度过其余岁月的青年。今天夜里,父亲与未婚夫商定结婚日期;无论那一天多么遥远,终将是很近的。这个时刻是多么奇异,它的影响又是何等强烈!上星期的今夜,就在这素馨花树荫下,爱神第一次拥抱了我的灵魂;也在同一时刻,天命在保罗·伽里卜宅里,写下了我未来故事的第一句话。此时此刻,我父亲和我的未婚夫正在编织我的结婚花环。我看见你坐在我的身边,我感受到你的心潮在我的周围波涌起伏,像一只干渴的鸟儿,拍翅盘

旋在一条可怕的饥饿毒蛇把守着的清泉上空。这一夜是多么重要,其奥秘又是何等深刻!"

在我的想象中,绝望就像漆黑的魔影,狠狠地掐住了我们爱情的喉咙,一心将之扼死在童年之中。我回答她说:

"这只鸟将一直盘飞在清泉上空,不是渴得坠地而死,就是被可怕的毒蛇扑住,并被撕烂吞食。"

赛勒玛激动不已,话音像银弦一样颤动地说:

"不,我的朋友,还是让鸟儿活着,让这只夜莺一直唱到夜幕垂降,直到春天过去,世界毁灭,时光衰竭。你不要让它哑口,因为它的声音能使我复活;不要让它的翅膀停止拍击,因为羽翼的沙沙响声能驱散我心中的雾霭。"

我叹息着低声说:

"赛勒玛呀,它会渴死的,也会被吓死的。"

话语从她那颤动的双唇间奔腾倾泻而出,她回答道:

"灵魂的干渴要比物质的渴望更重要,心灵的恐惧要比肉体的安宁更可怕……不过,亲爱的,请你好好听我说。我现在站在一种新生活的门口,而

我对之一无所知。我就像一个盲人，因为怕跌倒，所以用手摸着墙行走。我是一个女奴，父亲的钱财将我推到了奴隶市场上，一个男子把我买去了。我不爱这个男子，因为我对他一无所知。你也知道，爱情与陌生是不相容的。但是，我将要学着爱他。我将顺从他，为他效力，使他幸福。我将把一个懦弱女人能够献给一个强悍男子的东西全部献给他。至于你，你则正处于青春少年，你面前的生活之路是宽广的，而且满铺鲜花和香草。你将带着你那颗炽燃的心走向宽阔世界。你将自由地思想，自由地说话，自由地做事。你将把自己的名字写在生命的面颊上，因为你是一名顶天立地的男子汉。你将像主人一样生活，因为你父亲穷，所以你不会成为奴隶，不会因为他那点家财而被带往买卖女奴的奴隶市场上。你将与一个心爱的姑娘结为伴侣；在她过门之前，她会先占据你的心房；在与你朝夕相处之前，她就会与你同思共想。"

赛勒玛说到这里，稍稍沉默，喘口气，然后用哽咽的声音说：

"可是，难道就在这里，生活之路就将我们分

开，让你奔向男子的光荣，让我去尽妇道义务？莫非美梦就这样结束了？莫非甜蜜的现实就这样云消雾散了？难道喧嚣就这样将鸢鸟的鸣啭吞噬？难道狂风就这样将玫瑰花瓣吹散？莫非粗脚就这样将酒杯踏碎？难道让我们站在朗月下的那一夜是假的？难道我们的灵魂相聚在这素馨花树下也是假的？难道我们急忙飞向星星，翅膀感到疲惫，将我们一下抛入深渊？莫非爱神在沉睡中突然来到我们身边，顷刻醒来大怒要惩罚我们？难道我的呼吸触怒了夜间的微风，使之顷刻之间化为狂飙，意欲撕裂我们，将我们碾作尘埃，然后卷入谷底？我们既没有违背叮嘱，也没有偷食禁果，为什么要把我们驱逐出伊甸园呢？我们既没有玩弄阴谋，也不曾背叛，为什么要把我们打入地狱呢？不能，不能啊！一千个不能，一万个不该！我们相聚的片刻胜似数个世纪；照亮我们心灵的光芒足以征服任何黑暗。假若风暴在这个愤怒的海面上将我们分开，那么，波涛会在那个平静的海岸将我们聚在一起；倘使这种生活将我们杀死，那么，那位死神会使我们复活。

"女人的心是不会跟时间而变化，随季节而更

替的。女人的心会久久挣扎，但却不会死亡。女人的心颇似旷野，人将之当作战地和沙场，拔掉那里的树木，烧掉那里的青草，用血染红那里的岩石，将尸骨的头颅栽入土地中；尽管如此，旷野依旧存在，寂静安详，春天照样按时而至，秋天仍然硕果压枝，直到永远……如今事情结束了，我们怎么办呢？请你告诉我，我们该怎么办？我们怎样分手，何时相聚？莫非我们应把爱神视作异乡客，夜幕将之送来，清晨又将之赶走？难道我们该将心里的情感看成一个梦，睡觉时才显示，苏醒后去而无踪？莫非我们应该把这一个礼拜看作烂醉时刻，顷刻便已清醒？……亲爱的，你抬起头来呀，让我听听你的声音！你说话呀！请你开口跟我说话呀！狂风吹翻我们的船后，你还记得我们共度的那些日子吗？寂静的夜里，你听见我的翅膀沙沙拍击声吗？你能感觉到我呼出的气在你的脸面和脖颈上波涌起伏吗？你能听到我痛苦哽咽的低微叹息声吗？你能看见我的幻影随黑夜幻影而来，又随晨雾消失吗？亲爱的，你对我说呀！你曾是我眼中的光明，耳中的歌声，灵魂的翅膀，以后你将是什么呢？"

我的心底之蕴全部融在我的双目之中。我回答她说：

"赛勒玛，我将像你希望的那样属于你。"

她说：

"我希望你爱我。我要你爱我到我的末日。我要你像诗人爱自己的痛苦忧思一样爱我。我要你像旅行者记起水塘那样记起我；看见水塘先借水面照照自己的容颜，然后再俯首饮水。我要你像母亲记起胎儿那样记起我；胎儿未见到光明，便死在了母腹之中。我要你像慈悲的国王想到囚犯那样想到我；囚犯未接到国王的赦免令便死在了牢里。我希望你成为我的兄弟、朋友和伙伴。我希望你常来看望我的父亲，给孤独中的他送来欢乐和慰藉，因为我不久就要离开他，变成他的陌生人。"

我回答她说：

"赛勒玛，我将一一照办。我将使我的灵魂包裹你的灵魂，让我的心成为容纳你的俊美的房舍，让我的胸腔成为掩埋你的痛苦的坟墓。赛勒玛，我将像田野酷爱春天那样爱你；我将像鲜花靠太阳光和热生长那样靠你而生活下去；我将像山谷吟诵回

荡在农村教堂上空的钟声那样吟咏你的名字;我将像海岸聆听波涛讲故事那样倾听你心灵的絮语……赛勒玛,我将像寂寞的异乡客思念亲爱的祖国那样思恋你;我将像饥饿的穷苦人向往一桌美食那样向往你;我将像被废黜的君王暗恋尊荣、辉煌岁月,垂头丧气的俘虏暗恋自由、安详时光那样暗恋你;我将像农夫想着抱抱禾穗和打谷场上的粮堆,善良的牧人想着肥美草原和甘甜泉水那样想着你。"

我说话时,赛勒玛一直望着夜幕深处,不时地叹叹气。她的心跳时快时慢,如同大海波涛时高时低。她说:

"明天,事实就要化为幻影,苏醒就会变成幻梦。思念者只靠拥抱幻影,干渴者仅饮梦中溪水,这能够满足要求吗?"

我回答道:

"明天,天命就要把你带到一个充满温馨与平静的家庭怀抱中,将你带到一个充满斗争、厮杀的世界里去了。你就要到一个男子家中去了,他会为你的俊秀容貌、纯洁心灵而感到幸福;而我,则要到岁月的埋伏的地点去,岁月将以其痛苦折磨我,

用它那可怕的魔影恫吓我。你将投入生活怀抱,我却要进入争执天地。你迎来的将是亲昵与温馨,我面临的却是孤独与寂寞。不过,我将在死神阴影遮罩的山谷里竖起爱神的塑像,天天对之顶礼膜拜。我将与爱神夜下谈心,听她唱吟,将她当作美酒痛饮,把她选作衣服穿在身上。拂晓,爱神把我从睡梦中唤醒,领着我走向遥远的旷野;正午,爱神将把我带到树荫下,与百鸟一起回避烈日灼热,欢快乘凉;黄昏,爱神让我面对日落之地,让我聆听大自然告别光明时唱的歌,让我观赏寂静的幻影邀游在空中的壮景;夜晚,爱神拥抱着我,我安然进入梦乡,梦游情侣、诗人灵魂居住的天堂。春天里,我与爱神并肩漫步,踏着生命用紫罗兰和延命菊画出的足迹,用水仙花和百合花杯喝着剩余的甘霖,在丘山和坡地之间欣然吟唱;夏天里,我与爱神头枕干草捆,下铺青草作褥,上盖蓝天当被,与月亮、星辰亲切夜谈;秋天里,我将与爱神一起去葡萄园,坐在榨汁机旁,观看正在脱掉金黄色衣裳的树木,仰望向海岸迁徙的鸟群;冬天里,我将与爱神相互依偎在炉火旁,讲述历代故事,重温各国与

各民族的史迹。青年时代,爱情将成为我的导师;中年时代,爱神将成为我的助手;老年时代,爱神将成为我的慰藉。赛勒玛,爱神将伴随我终生,直至大限来临,你我相聚上帝手中。"

语词发自我的心灵深处,语速急促,就像一柄柄火炬,火焰熊熊,火星四溅,旋即零落消失在花园的角落里。赛勒玛聆听着,泪水夺眶而出,簌簌下落,眼帘仿佛变成了双唇,泪流便是回答我的话语。

没有得到爱神赐予的双翅的人们,是不能飞到云天外观看那个神奇世界的,也看不到我和赛勒玛的灵魂在那悲欢交集的时刻遨游在那个世界里的情景。没有被爱神选作旅伴的人们,他们是听不见爱神说话的,这个故事也不是写给他们的;即使他们能够明白这几页书的意思,他们也看不到蹒跚在字里行间的不以墨水为衣、不把白纸当作宿身之处的幻影。可是,谁又未曾啜饮过爱神林中的玉液呢?哪个心灵又未曾恭恭敬敬地站在用心之底蕴铺地,以秘密、美梦和情感盖顶的光明神殿之前呢?哪一朵花的花瓣没有沾过晨露?哪条迷路溪水没有奔向

《开满的花园》
凡·高

一颗痛苦的心灵与另一颗有相似情感与感受的心灵结合在一起,能找到安慰与快乐。

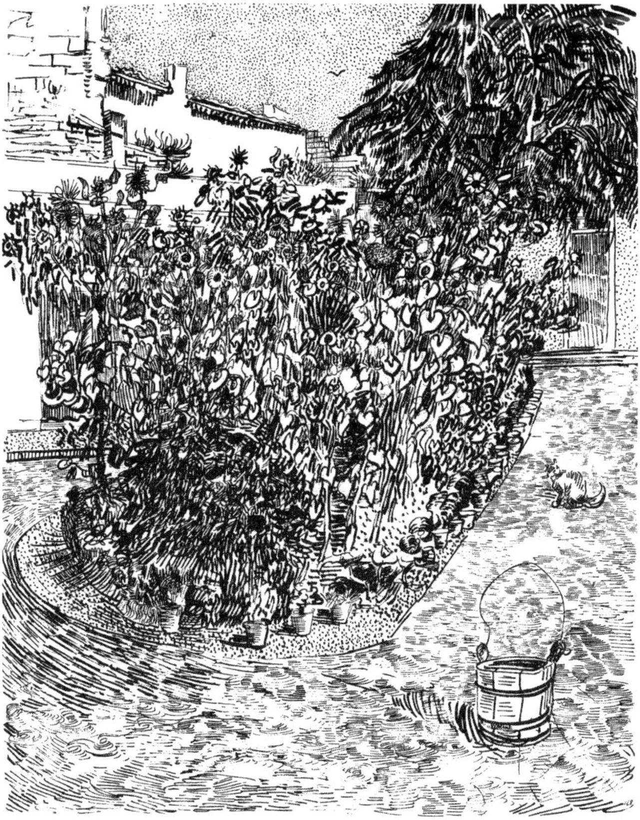

大海？

赛勒玛抬起头来，倾望着繁星点缀着的夜空，两手伸向前，双目圆睁，双唇颤动，蜡黄色的脸上呈现出一位受虐待女子心灵中的全部怨恨、绝望和痛苦征兆，然后大声喊道：

"女人有何过错，致使你大发雷霆？她又何罪之有，招来你发怒到地老天荒？莫非她犯下了可怕的无穷弥天大罪，致使你给我无尽的惩罚？你是强大无比的，而女人则是软弱无力的，你为什么要用痛苦消灭她？你是伟大的，而女人只是在你的宝座周围匍匐爬行，你为什么要用双脚将之踏碎？你是强烈暴风，而女人在你面前，则像尘埃，你为什么要把她卷扬到冰雪上去呢？你是巨神，而女人则是不幸者，你为什么要同她作战？你明察秋毫，无所不知，而女人则是迷途的盲者，你为什么要置之于死地？你用爱创生了女人，又为什么要用爱将之消灭？你用右手将女人举到你的身旁，你又为什么用左手将之抛入深渊，而她全然不知你何时将之举起，又怎样将之抛掉？你把生的气息吹入女人的口中，却又将死亡的种子播入女人的心田。是你使她

走在幸福路上,旋即又派不幸骑士来抓她。是你把欢乐的歌声送入她的喉咙,然后却用痛苦封住她的双唇,用愁苦拴住她的舌头。你用你那无形的手指将欢乐与她的痛苦系在一起,又用你那有形的手指在她的欢乐周围画上痛苦的光晕。你把宽舒和平安隐藏在她的卧室里,却又把恐惧和麻烦置于她的床边。你用你的意志唤醒了她的爱慕之情,而从她的爱慕之情中又生出了她的毛病与过失。你用你的意愿让她看到了你的造化之美,你也用你的意愿使她对美的钟爱化为致命的饥饿。你用你的法律使她的灵魂与漂亮肉体结配,你也用你的法则使她的肉体做了软弱和屈辱的伴侣。你用死亡之杯为她注入生命,又用生命之杯为她注入死亡。你用她的泪水将她洗净,又用她的泪水将她溶解。你用男人的面饼填充饥腹,然后又用她的心中情感塞满男人的手。你呀,你用爱情打开了我的眼界,用爱情使我永远双眼失明。你用你的双唇亲吻了我,又用有力的手给了我一记耳光。你在我的心中种下了白玫瑰,却又在玫瑰周围令荆棘、芒刺横生。你用一个我所深爱的青年的灵魂绑住了我的魂,却又用一个我素

不相识的男人的身束住了我的身。你羁绊了我的岁月！帮我一把吧，让我成为这场殊死斗争中的强者；救救我吧，让我至死忠诚、纯洁……愿你如愿以偿！愿你的圣名永远吉祥！"

赛勒玛沉默下来，而她的面容还在说话。之后，她低下头，垂下双臂，弯下腰，仿佛失去了活力；在我看来，她就像被狂风摧折的树枝，被抛在低洼地，任其干枯，自消自灭在时光的脚下。我用我灼热的双手捧住她那冰凉的手，用我的眼帘和双唇亲吻她的手指。当我想用话语安慰她时，发现我自己比她更值得安慰和同情。我沉默无言，不知所措，静静思考，感到时光在拿我的情感开玩笑，听到我的心在我胸腔里呻吟，不由自主地自己对自己担忧起来。

在那一夜余下的时间里，我俩谁都没说一句话。因为焦虑一旦巨大，人便会变得哑口无言。我俩一直默不作声，僵直地待在那里，活像被地震埋入土中的一对大理石柱。谁也不想听对方说话，因为我俩的心弦都已脆弱无比，即使不说话，一声叹息也会震断它。

午夜时分，寂静得阴森可怕。残月从萨尼山后升起，在繁星中间，显得就像一张埋在灵床的黑色枕头里的白苍苍的死人的脸，在四周的微弱烛光映照下尤为令人心惊。黎巴嫩山脉像被岁月压弯脊背、被苦难扭曲身骨的老翁一样，眼里没有困意，与黑夜谈天，等待黎明到来，颇似一位被废黜的君王，坐在宫殿废墟间的宝座灰烬上。高山、树木和河流随着情况和时间的变化而变换着自己的形态与外表，就像人的面容一样随着思想和情感的变化而变化。白天里高高挺立的白杨树就像娇媚的新娘子，微风戏动着她那长长的衣裙，然而到了夜晚，它却像一根烟柱，高高插入无垠的天空。午间像强有力的藐视一切灾难的暴君一般的巨大岩石，在夜里却变得像一个可怜的穷光蛋，只有以大地当褥，盖着夜空作被。我们清晨看到的溪流波光粼粼，如同银色的蜜汁，耳闻它欢唱着永恒之歌；及至傍晚，它却像从山谷半腰淌泻下来的泪河，耳听它在像失子的母亲痛哭、哀号。一个星期以前，黎巴嫩山脉还是那样威严、壮观，其时皓月当空，人心欢畅；而那一夜里，它却变得愁眉苦脸，萎靡不振，

面对着徘徊在夜空的暗淡残月和一颗悸动在胸中的快快之心，显得那样寂寞孤独。

我们站起身来告别时，爱情和失望像两个可怕的魔影横在我俩之间：前者展开翅膀在我们的头上盘旋，而后者则用魔爪掐住了我们的喉咙；前者惊惶地哭泣，后者却讥讽地大笑。当我捧起赛勒玛的手放在我的双唇上亲吻、祝福时，她靠近我，吻了吻我的头发分缝处，然后坐在木椅上，合上眼，缓缓地低声说：

"求你怜悯！求你让所有被折断的翅膀强健起来吧！"

我离开赛勒玛，走出花园，只觉得我的感官被罩上了一层厚厚的纱幕，酷似雾霭在湖面弥漫。我独自走去，道路两旁的树影在我面前晃动，就像从地缝里钻出来的魔影在故意吓我。微弱的月光在树枝间瑟瑟颤抖，活似遨游在天空的妖魔向我的胸膛射来的一支支细长的利箭。我的周围一片沉寂，仿佛是黑暗之神掊在我身上的沉重黑色巨掌。

那时，存在中的一切，生活的全部意义，心灵里的所有秘密，都变得丑陋、可怕与骇人听闻。世

间的美和存在的欢乐让我看到的精神之光,已经化为火,其烈焰灼烧着我的心肝,其烟雾笼罩着我的心灵。万物之声汇成的并使之成为天国之歌的和声,一时间化为比狮吼更加令人恐惧、比深渊呐喊更加深沉的啸鸣。

我回到自己的卧室,一下便瘫倒在了床上,就像被猎人射中的鸟儿,心被箭穿透,直坠落在篱笆之间。我的理智一直摇摆在可怕的苏醒与不安的睡梦之间;在这两种情况下,我的灵魂都在重复着赛勒玛的那些话:"求你怜悯!求你让所有被折断的翅膀强健起来吧!"

阿施塔特与耶稣之间

在贝鲁特市郊与黎巴嫩山脉接合部的果园和丘陵中间，有一座古老的小神殿，那是用矗立在橄榄树、巴旦杏树和杨柳树丛之间的一块巨大白色岩石雕凿成的。虽然这小神殿距离大车路不过一千米，但探古访幽者们当中却很少有人知道它。它和叙利亚的许多被人淡忘的重大事件一样，湮没在了被忽视的幕帘之后，似乎因为忽视遮住了考古学家们的眼睛，使它得以存在下来，进而成为疲惫者心灵的独处之地和寂寞恶人们的幽会场所。

走进这座奇异殿堂，便可看到东墙上有一幅刻在岩石上的腓尼基时代壁画，岁月之手抹去了它的部分线条，四季的更迭已使其色彩斑斓。画面表现的是司爱与美的女神端坐在华美宝座上，周围有以各种姿势站立着的七位少女，其中第一个手持火把，第二个怀抱六弦琴，第三个捧着香炉，第四个提着酒罐，第五个拿着一枝玫瑰花，第六个举着桂冠，第七个拿着弓和箭。人人全神贯注地望着阿施

塔特，个个面带虔敬驯服表情。

另一面墙上，有一幅年代较新、图像亦较清晰的壁画。画面上画的是被钉在十字架上的拿撒勒人耶稣，旁边站着他那悲伤痛苦的母亲玛利亚和抹大拉的玛利亚，还有两个痛哭流涕的妇女。这是一幅拜占庭风格的壁画；种种证据表明，该画创作于公元五世纪或六世纪。

神殿的西墙上有两个圆形窗子，傍晚时分，夕阳从这里射入殿堂，照在两幅壁画上，仿佛画面上涂了一层金水。

神殿当中有一块方形大理石，四周有形式古朴的花纹和图案，其中有一部分已被石化了的血迹所遮盖，足以表明古人们曾在这石头上宰牲献祭，并在上面倒过作为供品的美酒、香料和油脂。

在这座小小神殿里，有的只是一片令人心慕神往的沉寂和一种神奇莫测的肃穆庄严气氛，用它那波动起伏吐露着神的秘密，无声地述说着历代变迁和百姓由一种状态转入另一状态，从信一种宗教转向信另一种宗教的历程。它能把诗人带往远离这个世界的另一个世界，说服哲学家相信人是宗教的造

物，人能感受肉眼看不见的东西，能想象出感官不曾触及的领域，进而为自己的感受画出符号，用之证明自己内心的隐秘；人能通过语言、歌曲、绘画和以造型出现的雕塑，将自己生前神圣的爱好和死后美好的愿望和幻想形象化、具体化。

在这个不被人们注意的神殿里，我和赛勒玛每月幽会一次。我们常常久久凝视着墙上那两幅壁画，遥想在髑髅地被钉在十字架上的世代青年，想象着腓尼基男女，他们曾生活着，相恋着，借阿施塔特崇拜美，在爱与美之神的塑像前焚香，在她的祭坛上洒香水；后来，他们被大地埋没了，除了日月在永恒世界面前的名字，什么也没有留下。

如今要我用语言追述我与赛勒玛相会的那些时辰，对我来说是多么困难！那神圣的时辰充满甘甜与痛苦、快乐与忧伤、希望与失望。一切都能使人成为真正的人，而生活却是个永恒的谜。我实在难以回忆那些时刻，更无法用苍白无力的话语描绘其中的些许幻象，值得作为典范留给沉陷于爱情与忧愁的人们。

我们相会于那座古神殿，背靠墙壁坐在门口，

《日本姑娘》
凡·高

你欢乐吧!因为岁月已在为我们而欢乐。

反复回味我们的过去，探讨着我们的现在，忧虑着我们的未来。之后，我们一步一步地展示我们的心灵深处，相互诉说心中的苦闷、焦虑和遭遇的不安与忧愁。我们相互劝说对方忍耐，相互勾勒希望中的欢乐屋景和甜蜜美梦。随之，我们那恐慌的心情平静下来，泪水干了，面容也舒展开来。我们微笑着，除了爱情及其欢乐，其余一切全都忘得一干二净；除了心灵及其嗜好，其余一切均置之度外。我们相互拥抱，沉湎于迷恋与挚爱之中。之后，赛勒玛亲吻我的头发缝处，那纯情和爱情使我的内心充满光明；与此同时，我则深情地亲吻她那雪白的手指。她闭上眼睛，面颊上泛出玫瑰色的红晕，宛如黎明撒在丘岗上的第一线光芒。我们默不作声，久久地望着远方的晚霞，只见云彩被夕阳光染成了橘红色。

我们的会见不仅仅限于交流情恋和互倾苦衷，而是在不知不觉之中，无所不谈，诸如交换对这个奇妙世界的看法与想法，讨论我们读过的书，评价其优点与不足所在以及书中所涉及的虚构图景和社会法则。赛勒玛谈起妇女在人类社会中的地位，谈

到先辈对妇女品德和爱好的影响,还谈到当今的婚姻关系及其中存在的病态和恶习。我记得她有一次说:"作家和诗人都试图了解妇女的真实情况,但直到现在,他们也不了解妇女心中的秘密。因为他们总是透过面纱观察她们,所以只能看到她们肉体的线条;间或他们又把妇女放在显微镜下,看到的只有她们的懦弱和驯服。"

还有一次,她指着镌刻在殿墙上的那两幅壁画,对我说:"在这块巨大岩石中心,先人刻下了两个概括妇女心愿的形象,力图表现妇女徘徊在爱与愁、同情与献身、端坐宝座的阿施塔特与站在十字架前的玛利亚之间的神秘心境……男人要买荣誉、尊严和声音,而付钱的却是妇女。"

知道我们秘密幽会的只有上帝和在树林间飞来飞去的鸟儿们,赛勒玛来时,总是先乘她的马车到一个名叫"帕夏花园"的地方,下车后缓步穿过僻静的蹊径,来到小小神殿,面带安详神情,撑着伞走进殿内,便发现我已经如饥似渴地在殿切盼望之中等在了那里。

我们不怕监视者的眼睛,也没有良心受责备

的感觉。因为心灵一旦被火净化,受过泪水的洗礼,就不再把人们称为过失和羞耻之类的词语放在心上,完全可以摆脱传统习惯势力给人类的心中情感规定的清规戒律的奴役,昂首站立在神的宝座之前。

人类社会降服于腐败戒律已达七十个世纪之久,仍不能理会天国里的首要永恒法则的意义。人的眼睛已经习惯于看微弱的烛光,再也不能凝视强烈的日光。心灵上的疾病和缺陷代代相传,甚至普遍流行起来,成了人必不可缺的品性,人们再也不把之当作疾病和缺陷看待,反倒将其视为上帝降给人的高贵本性;假若有谁不具有此类残疾,便被认作欠缺精神完美的残疾人。

因为赛勒玛离开她的合法丈夫的家,去与另一位男子幽会,一些人便指责她,竭力玷污她的名声。其实,这些人是柔弱的病夫,他们把健康人当成罪犯,将心灵高尚者视作叛逆者。他们简直就像在阴暗处爬行的虫子,害怕出来见光明,担心过路人把它们踩在脚下。

坐冤狱的囚徒,能够捣毁牢房的墙壁而不行

动，那便是地道的懦夫。赛勒玛是个受冤枉而又不能获释的囚徒，她只是透过牢狱的铁窗眺望一下绿色原野和辽阔的天空，难道这就该受到责怨？赛勒玛走出曼苏尔贝克的家，来和我一起在神圣的阿施塔特和被钉在十字架上的耶稣之间坐一坐，仅仅如此，人们就该把她斥为叛逆女子？就让人们信口去说吧！赛勒玛已经越过淹没他们灵魂的沼泽地，到达了听不见狼嚎蛇咝的地方。让人们随意去说吧！看见过死神面孔的人，不会被盗贼的脸面吓倒；目睹过刀剑在自己头上飞舞和鲜血在脚下流淌的人，也决不在意巷子里的顽童投过来的石子。

牺牲

六月末的一天,海岸边闷热得厉害,人们纷纷上山避暑。我照例向神殿走去,心中自许要见赛勒玛,手里拿着一本小小的安达鲁西亚二重韵诗集;那二重韵诗自那时直到现在,仍然使我心迷神恋。

黄昏时分,我来到神殿,坐下望着蜿蜒在柠檬树和杨柳之间的那条小路。我不时地低头看几眼诗集,间或抬起头来,对着苍穹轻声吟诵以隽永语词、和谐音律打动我心的那些二重韵诗句,同时使我追忆国王、诗人和骑士们的光辉业绩。他们告别了格拉纳达、科尔多瓦和塞维利亚,把他们的希冀和志趣留在了宫殿、学院和花园里,随之他们便眼噙泪花,心怀惆怅地荫翳在了岁月的幕帘后面。

一个时辰过去,我抬眼朝小路望去,只见赛勒玛出现了,她那羸瘦的身材在彼此交织的树林间晃动,手撑着伞渐渐向我走近,仿佛她带着世界上的所有忧愁和艰难。她来到神殿门口,在我的身边坐下。我望望她那双大眼睛,发现内含种种新奇意

义与秘密,足以引人警觉和注意,诱发人的探察欲望。

赛勒玛觉察到了我的心理活动,无意延长我在猜疑与忧思之间的挣扎时间,用手抚摩着我的头发,说:

"靠近我一点儿,亲爱的,靠近我一点儿,让我借你增强我的勇气。我们永久分别的时辰已经临近了。"

我放声喊道:

"这是什么意思?赛勒玛!什么力量把我们永远分开呀?"

她回答说:

"昔日把我们分开的那种盲目力量,今天将再次把我们分开。那股将人类法律作为自身解说者的无声力量,已借生活奴隶之手在你我之间筑起了一道坚固的屏障。那股创造恶魔,并让恶魔主宰人们灵魂的力量,已禁止我走出那个用白骨和骷髅建成的家宅。"

我问她:

"莫非你丈夫已经知道我们见面的事,你怕他

《花园中的树》

凡·高

过去,我坐在你的面前,活像一个颤抖的影子。

生气并进行报复?"

她回答:

"我丈夫根本不把我放在心上,他也不晓得我如何打发日子。因为他把我丢在一边,整天与那些可怜的风尘女子混在一起,那些女子因穷困而被带入奴隶市场,只能靠浓妆艳抹,用皮肉去换取血泪和成的面做的面包。"

我说:

"那么,究竟是什么原因阻碍你到这座神殿来,面对上帝庄严和先辈的幻影坐在我的身旁呢?难道你已厌恶观察我的内心世界,你的灵魂要求告别和分离?"

她眼里噙着泪花,说:

"不是的,亲爱的。我的灵魂没有要求与你分开,因为你是它的一半;我的眼睛看你不会厌倦,因你是它的光明。但是,如若命中注定我必须戴上沉重桎梏和锁链去越过生活的重重障碍,我愿意你也遭受同样命运吗?"

我说:

"赛勒玛,你把一切情况全都告诉我吧!不要

让我在这座宫里转来转去了!"

她回答说:

"我不能够把一切都说出来,因为痛苦已使我的舌头不能说话,失望已使嘴唇动弹不得。我能够说给你的,那便是我担心你落入那些想抓我而支起的罗网中。"

我说:

"你指的是什么?赛勒玛!你担心谁会害我呢?"

她用手捂住脸,焦急地叹了口气,然后支支吾吾地说道:

"保罗·伽里卜已经知道我每月都要从他为我设置的坟墓中出来一次。"

我问:

"他知道你在这里与我见面?"

她回答:

"假若他知道此事,你现在就看不到我坐在你身边了。不过,他总是胡乱猜疑,而且已经派出耳目监视我,指示他的仆人窥探我的行动。因此,我感到我住的房子和我走的路上,总是有人在盯着

我，总是有手指指着我，有耳朵在窃听我的心灵低语。"

她低头沉思，泪流满面，接着说：

"我并不怕保罗·伽里卜，因为溺水之人是不怕潮湿的。但是，我为你担心：因为你像阳光一样自由，我真怕你像我一样落入他的罗网，被他的魔爪抓住，用他的犬齿将你紧咬。我不怕灾难降临，因为所有灾难之箭都射入了我的胸膛。但我担忧的是你；因为你正值青春少年，我害怕毒蛇咬住你的双脚，使你不能登上山顶，虽然无限前程正满怀欢心地等着你。"

我对她说：

"不曾遭受白日的毒蛇和黑夜的豺狼咬过的人，总是在白日、黑夜面前逞强。不过，赛勒玛，你好好听我说，难道为了防受小人和坏蛋欺辱，眼下除了分手就没别的路可走吗？莫非我们眼前的爱情、生活和自由之路全被堵死了吗？我们除了向死神奴隶的意愿屈服，再也没有别的办法了吗？"

她用饱含绝望和忧伤的语气说：

"眼下我们只有告别、分离了。"

听她这样一说，我的灵魂在我的肉体里造反了，我那青春的火炬烟雾四散。我攥住她的手，激昂地说：

"赛勒玛，我们长期屈从他人的意愿……自打我们初次会面到现在，我们总是被瞎子牵着走，跪倒在他们的偶像前面。自打我认识了你，我们就像两个球一样，在保罗·伽里卜的手里，任凭其随意玩耍，任意丢东抛西。难道我们就这样永远任其摆弄，明明知道他心地黑暗，我们还是一味服从，直到坟墓将我们掩埋，大地将我们吞食？难道赐予我们生活的气息，为的是让我们将置于死神脚下？莫非上帝给予我们自由，为的是让我们使其变成暴虐的影子？谁用自己的手熄灭了自己的心灵之火，便背叛了点燃此火的天公。谁逆来顺受，不反抗虐待，那就是背弃真理，成了杀害无辜者的同伙。赛勒玛，我爱你，你也爱我。爱情是上帝寄存在高尚敏感心灵那里的珍宝，难道我们能把我们的珍宝抛到猪圈里，任猪用鼻子将之拱来拱去，用蹄子将其踢东踢西？我们眼前的世界是一个宽广舞台，充满着美丽神奇的事物，我们为什么要在他及其帮凶们

挖掘的狭窄地洞里苟且偷生呢？我们面前有生活，生活中有自由，自由中有欢乐和幸福，我们为什么不挣脱肩上的沉重枷锁，砸碎脚上的镣铐，奔向舒适、安静所在地呢？赛勒玛，站起来，让我们走出这座小小神殿，到上帝的巨大殿堂去，让我们离开这个国家，摆脱掉奴役和愚昧，到盗贼之手伸不到、魔鬼毒蛇够不着的遥远国度去！来吧，让我们乘夜色快速赶到海边，登上一条船，让它载着我们到海外去，在那里开始充满纯情与理解的新生活！到了那里，蛇的毒气再也喷不到我们身上，猛兽的蹄子再也踩不着我们。赛勒玛，不要犹豫彷徨，这时刻比王冠宝贵，比天使的心地高尚。赛勒玛，站起来，让我们紧跟光明之柱前进，它会把我们从干旱沙漠带往繁花似锦、芳草如茵的田园！"

赛勒玛摇摇头，双目凝视着神殿上空一种不可见的什么东西，唇上浮现出一丝凄楚的笑意，传达着她内心的磨难和痛苦。少顷，她平静地说：

"不能啊，亲爱的，不能！苍天递到我手里的是一杯醋和苦瓜汁，我已将之喝下，杯中还剩不过几滴，我将坚持把它喝光，看看杯底究竟有什么秘

密隐藏着。至于那种充满爱情、舒适和安逸的高尚的新生活，我是不配享受的，而且也无力承受它的欢乐和甜美。因为翅膀被折断的鸟儿，只能在岩石间跳来跳去，但却不能在天空翱翔、盘旋；患了眼疾的眼睛，只能看暗光里的东西，而不能直视强光。你不要对我谈论什么幸福，因为谈幸福与谈不幸一样，都会使我感到痛苦；你也不要对我描绘欢乐，因为欢乐的影子像苦难一样使我感到恐惧……不过，你要看看我，我要让你看看苍天在我的胸中灰烬之间点燃起来的圣火……你知道，我像母亲爱自己的独生子那样爱着你；正是这种爱教导我，要我保护你，保护你免受伤害，即使是因为我。正是这种用火净化过的纯真之爱，使我现在不能跟随你走天涯，使我泯灭自己的情感和爱好，以便让你自由清白地活着，永远免受人们的责骂和恶语中伤。有限的爱情要求占有被爱者，而无限的爱情只求爱的自身。青春苏醒与昏暗之间时的爱情，仅仅满足于相会、联系，通过接吻、拥抱而成长。诞生在无限怀抱和随夜晚秘密而降落的爱情，只有求得永恒和无限才能满足，只在神性面前肃然站立……

昨天,当我知道保罗·伽里卜想阻止我走出他侄子的家门,意欲剥夺我结婚之后的唯一乐趣时,我站立在我的房间窗前,眺望大海,心中思想着海外的宽广国家、精神自由和个人独立,想象着自己生活在你的身边,被你的精神幻影包围,深深沉浸在你的柔情之中。然而,这些照亮被压迫妇女胸怀、使她们反抗陋习,以求生活在真理与自由氛围中的美梦,刚刚从我脑海里闪过,我便感到自惭形秽了。我认为我们之间的爱情脆弱得很,简直无力站在太阳面前。想到这里,我哭了起来,就像一位失去王位的君王和一个失去财宝的富翁。但是,不久我便透过泪滴看到了你的面容,看到了你的眼睛在凝视着我,想起了一次你对我说的话:'来吧,赛勒玛,让我们在敌人的面前像勇士一样挺立,用我们的胸膛而不是用脊背迎着敌人的刀锋剑刃吧!我们倒下去,要像烈士那样壮烈;我们得胜时,要像英雄那样活着……在艰难困苦面前,坚定地忍受心灵上的折磨,总比退缩到安全、舒适的地方要高尚。'亲爱的,当死神的翅膀在我父亲的病榻周围拍击时,你对我说了这几句话。昨天,当绝望的翅膀在我的

头上扇动时,我想起这几句话,受到了鼓舞,增添了勇气,感到自己在黑暗之中获得了心灵上的自由,使我蔑视灾难和痛苦。在我看来,我们的爱情深似大海,高若星辰,宽如浩宇。我今天来见你,在我疲惫、愁苦的心灵中有一股新的力量,那就是为得到更伟大的收获,必须牺牲伟大收获的决心。我决计牺牲在你身边的幸福,以便让你在人们面前体面地生活,远避他人的背弃和压迫……我昨天来这里时,软弱的双脚上拖着沉重的铁镣;而今天,我却带着无视铁镣沉重、不顾路途漫长的决心来到了这个地方。过去,我来这里,好像一个夜行的幻影,心惊胆战;如今,我像一个充满生气的女性,深深感到应该牺牲,晓知痛的价值,一心想保护自己所爱的人,使之免遭愚昧无知之辈欺辱,同时也使之免受她那饥渴心灵的牵累。过去,我坐在你的面前,活像一个颤抖的影子;今天,我来到这里,要在神圣的阿施塔特女神和被钉在十字架上的耶稣面前,让你一睹我的真实面目。我是生长在阴影下的一棵树,如今已伸出枝条,以便在日光下摇曳一个时辰……亲爱的,我是来同你告别的;就让我们

《太阳下的田野》

凡·高

谁能相信我们初次见面的四月竟是让我们站在了生命最神圣殿堂的阳春之月呢?

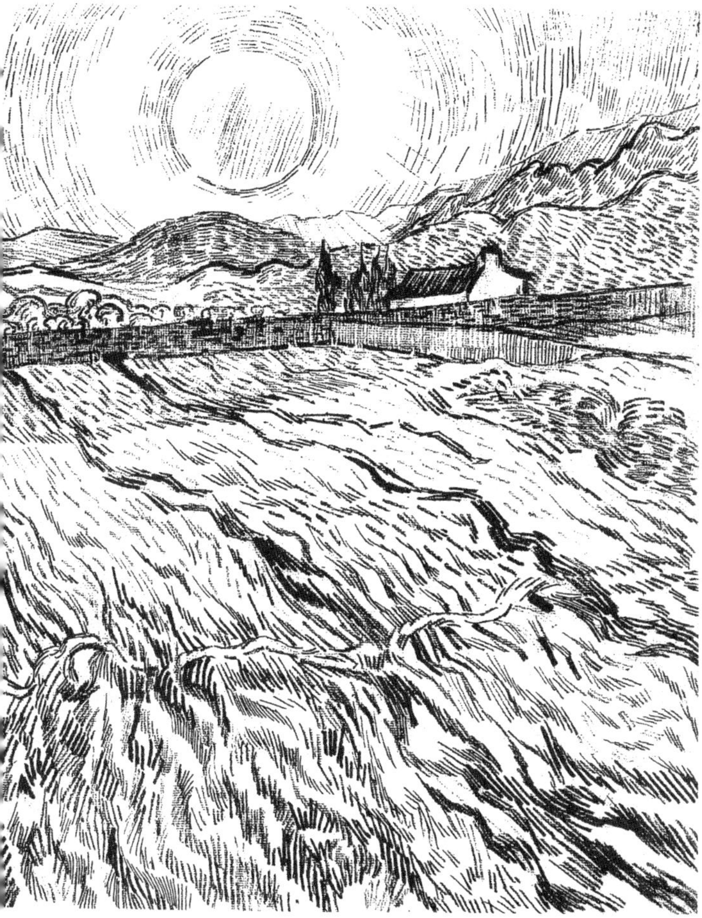

的告别像我们的爱情一样伟大、庄重,像熔金的烈火一样,使金光更加灿烂。"

赛勒玛没有给我留下说话和争辩的余地,而是望着我,双目闪着光芒,那光芒将我的身心紧紧拥抱。这时,她的脸上罩起庄严的面纱,俨然像一位令人严肃起敬的女王。随后,她带着我从未见过的柔情扑到我的怀里,用她那光滑的手臂搂住我的脖子,久久地热吻我的双唇,唤醒了我体内的活力,激发了我心灵中的隐秘,使被我称作"我"的实体自我背叛整个世界,无声地屈从于神灵天规;把赛勒玛的胸膛作为神殿,将她的心灵当作圣殿,顶礼膜拜,毕恭毕敬。

夕阳落山,最后的余晖从花园、园林中消隐了。赛勒玛抖了抖身子,站在神殿中央,久久望着殿的墙壁和角落,仿佛想把她的双目之光全部倾在那些壁画和雕饰上。之后,她向前移动稍许,虔诚地跪在十字架上的耶稣像前一次又一次地亲吻着耶稣那受伤的双脚,低声细语地说:

"耶稣啊，我选定了你的十字架，抛弃了阿施塔特女神的欢乐。我要用芒刺代替桂花枝，编成花环，戴在自己的头上；我要用我的血和泪替代香水浴身；我要用盛美酒和多福河水的杯子饮下酸酒和苦瓜汁。请你让我加入你那以弱为强的信徒行列，让我和那些由你选定的、将心上的忧愁当作欢乐的人们一起走向髑髅地吧！"

随后，她站起来，回头望着我说：

"现在，我将高高兴兴地回到群魔乱舞的黑暗的洞穴中去，亲爱的，你不要怜悯我，莫为我而感到难过！因为看见过上帝影子的心灵，是不会惧怕魔影的；一睹天堂盛果的眼睛，人间的痛苦无法再使之合上。"

赛勒玛身裹绸衣，走出了那座神殿，只留下我独自迷惘、彷徨、沉思，终于被带入了梦中幻景：神端坐宝座，天使记录着人的功过，精灵高声诵读生活悲剧，仙女吟唱爱情、悲伤和永恒之歌。

当我从这沉醉里苏醒过来时，夜色已用它那漆黑的幕幔笼罩了万物。我发现自己正在那些园林中踱步，耳朵仍在响着赛勒玛说过的那些话的回

音,她的一动一静、面部表情和手势姿态一次又一次浮现在我的心灵中。当告别及其后的孤寂、思念的痛苦现实展现在我面前时,我的思想凝固了,我的心弦松弛了,第一次晓得人即使生下来时是自由的,却始终是先辈们制定的残酷清规戒律的奴隶;那被我们想象为天定秘密的命运,即是今天屈服于昨天,明天必向今日倾向让步。从那天夜里直到现在,我曾多少次思考使赛勒玛宁死勿生的心理规律;我又多少次将牺牲的崇高与叛逆者幸福进行比较,以便察看哪个更伟大、更壮美。但是,直至现在,我只明白了一条真理,那便是:真诚使一切行为变得美好、高尚;赛勒玛正是真诚的标志,虔诚的化身。

等待我们的是甜蜜华年